西溪河下

陆陆 著

長江出版傳媒
长江文艺出版社

图书在版编目（CIP）数据

西溪河下 / 陆陆著. -- 武汉 : 长江文艺出版社，2021.12

ISBN 978-7-5702-2078-6

Ⅰ. ①西… Ⅱ. ①陆… Ⅲ. ①诗集－中国－当代 Ⅳ. ①I227

中国版本图书馆 CIP 数据核字(2021)第 068285 号

西溪河下

XIXIHE XIA

责任编辑：胡　璇　　　　责任校对：毛　娟

装帧设计：张　革　　　　责任印制：邱　莉　王光兴

出版：长江出版传媒　长江文艺出版社

地址：武汉市雄楚大街 268 号　　邮编：430070

发行：长江文艺出版社

http://www.cjlap.com

印刷：浙江影天印业有限公司

开本：880 毫米×1230 毫米　1/32　印张：6.25　插页：2 页

版次：2021 年 12 月第 1 版　　2021 年 12 月第 1 次印刷

行数：5616 行

定价：42.00 元

陆陆诗歌中的地方、空间和人（刘翔）

一、以西溪河下为源头

陆陆的诗，对地方、空间和人，有一种特别的敏感。生于长于杭州，他以巨大的热情统摄着自己的工作和生活，并不断地溢出成为一些圈子的中心人物，其中就有儿时的同学圈，“学军山友”“高山久班”“野猪林”等。这些个同学圈子，鲜活的形象，时光中的闪烁面孔，都曾有一个共同的源头：西溪河下。

20 世纪 70 年代的西溪河，河宽 15 米上下。水体虽谈不上清澈，但经常可以看到捕鱼人，芦苇、茭白、水葱、香蒲、野芹菜、千屈菜等挺水植物自由生长，河岸缓坡正是孩子们流连之处。两岸除了杭州大学（现为“浙江大学西溪校区”）、国家海洋局二所、浙江教育学院、学军中学等学校外，还有一些沉默的小厂。当时的西溪河下路还是一条狭窄的碎石小路，一边是河岸，一边是小片的田地，靠近杭州大学的一片地里种着番薯。入秋，正午，炸蝉鸣声渐疏，一对对蟋蟀在松软的泥穴中弹琴交欢……后来，城市化的铁牛推进，西溪河下路拓宽成柏油路，临时商铺和工厂排出的污水像死螃蟹的残肢进入河道，西溪河奄奄一息，西溪河下也终于改名为保俶北路。不过，也就是在河道开始淤塞、渐渐发臭的过程中，陆陆的同学们成长起来，逐渐离开了西溪河下，奔向冒着蒸汽的各色学业和事业的战场。

“空间与地方”是这些年来人文地理学的重要话题。法国哲学家加斯东·巴什拉在《空间的诗学》中用“场所爱好”来指代对“幸福空间”形象的研究，西溪河下是陆陆和他的同学们真实生活的载体。既是从实证的角度被体验过的空间，也是在共同回忆和想象中被一遍遍重构的空间，其中充溢着成长、青春和人性，成为可以共同栖居的精神场所。挪威城市建筑学家诺伯舒兹在1979年提出了“场所精神”概念，指一种保存、唤醒、揭示城市记忆的空间。西溪河下这个“场所”，就是记忆的凝聚地，是切身的归属感，是唤起青春和成长的一段共同醒悟。

二、当地方成为名字

这是陆陆诗歌写作的一个起点，他自己称为“私写作”，伴随短信时代而来。他说：“短信是真正的私写作，基本上只适合一对一发送。群发短信有，但适用范围有限，多用来发送节日罐装祝福。正是在短信时期，我意识到人与人沟通的新形式，可能带动新内容。一对一，一句简单的对话，可能是一个通知，可能是一句嘱托，可以是一段咒怨，可以是一次告白，当然，也可以是一种文学。私写作创造了一种可能，让被庸常淹没的具体个人，成为文学的描述对象”。

陆陆“私写作”的对象，正是西溪河下这一空间中一同成长的同学们。那些曾经熟悉，而现在混迹于芸芸众生中的个体，在陆陆语言的鞭子下重新旋转起来，像春天从柳芽上重新冒头一样，发出新的光亮。在西溪河下这一空间中，西溪河和时间的河一起流淌，在诗歌的后视镜中，河流常常会退向一个少年眼睛的深处。

在给蛐蛐（严琪）的诗歌短章中有这些的言辞：

蛐蛐

约你在每一个流火的七月
不为操戈，只为听你唱歌
若听罢激昂嘶吼还能登车
再行决斗，也可
来啊

蛐蛐

农历七月正是蟋蟀（蛐蛐）在西溪河两岸鸣叫的时刻，雄性的蛐蛐是活跃的、好斗的，它们歌唱、战斗、流浪，青春中的男孩不是也这样，他们充沛的荷尔蒙、青春的尖叫，以及混乱的思绪：想想流水带来的远方……

下面的两个短章分别给两位女生，在当时就是模范生，后来的学习和生活也一再证明了她们的出色：

高
　树白花春天
　细雨东风人间
　远山横目清见
　ALSA
　最是那一抹映日的明
艳

——ALSA（高艳）

纪——年里总会留下些许
文——字难以尽述的美丽
芸——芸众生中也常有感动被记忆
　　　当年花开江南的桃李
　　　　　　于今已西征

——西雅图（纪文芸 & 李征）

高艳为人正气，似乎有一种凛然不可侵犯之美，印象中她的身体总是挺得很直的，像一株小白杨那么挺拔，也有挺水植物的婀娜。走路时她挺身，听课时她挺身，甚至当她骑着自行车行驶过西溪河下时或参加校运动会的长跑时，也仍然是挺身的。在诗中，“高树”这个搭配非常恰当，她就像一棵树，因这树的直、因这树盛开的白花，而显得“高洁”。作为班长，作为单位的负责人，她有细雨润物的行事方式；作为个人，她始终保持淡远清微的品性。

纪文芸始终是一位比较洋气的女生，后来也的确负笈游学，留在了国外。小时候我们在她家吃过巧克力或炼乳，当时可真是难得啊。想到她时，空气中突然会涌出一股巧克力的甜味，再说，她的笑容也是甜美的。甜美的女孩还有超强的数学能力，到美国学应用统计，她的数学比三位印度同学还好。在西溪河下这个记忆的空间中，“芸芸众生”一词从时间的河水中冒出，像一条鱼在污染的河水中翻出了它的白肚子。青春已远，一个个朝气蓬勃的男孩女孩，一个个如此独特，不愿混迹于他者的人们，终于也成了芸芸众生。如果在午后，如果有一双纪文芸那样的眼睛，眯细一点、再眯细一点，会记起一点什么？是否会为了不知道是什么的什么，突然微笑？

不过，我要说，收集在《西溪河下》一辑中的作品，也许更多只是一些即兴的弹奏，就像一个孩子的手指在路过一架斯坦威钢琴时留下的声音。但这是真诚的声音，这是诗人的出发点，他的西溪河下，诗意的西溪河下。西溪河下是青春留给他的精神空间，也是一个现实与当下的空间，在这个空间中，记忆接待了他。在西溪河下这个场域，时间凝聚在地方中，而地方变成了一个个鲜活的名字、一张张生动的面孔。

诗人陆陆西溪河下出发，然后，走向他的地图的寥廓。在写于2016年的《那个变成地址的名字》一诗的题记中，陆陆写道：“作为一个50年如一日，羁留在湖山之间的资深宅男，我一向钦佩走得远的人，因为他们丰富了生命。一蕾和她的丈夫Charlie都走得够远，都在我的钦佩名单里。”Charlie是一个美国人，不幸猝然离世，陆陆假设他先马斯克一步，去了火星。陆陆写道：

> 于是
> 在天地间，有些地址变成了名字
> 而时光中，有些名字变成了地址
> 我将他们绘成地图，展开
> 他们走得越远
> 我的地图越寥廓

从西溪河下出发，远行。虽然大家离开了，离开了这条其实很不起眼的河流，离开西溪河下那棵巨大的香樟树，离开那条窄窄的石子路，离开那座充满回声的房子，离开这个城市，甚至，离开这个国家……但是，陆陆标记了老友们的人生行迹，用他的歌咏，尝试将日常生活中的凡夫俗子记录在心的地图上，如果诗能留存，那就会拼入文明的地图。写得多好啊：“在天地间，有些地址变成了名字/而时光中，有些名字变成了地址”。是的，终归所有人会与Charlie一样飞向外星，成为地址上的一道折光，而最后的记忆者会发现地图越来越寥廓和凄凉。当然，那不是现在。陆陆写下这些诗句的这一刻，看起来几乎还是乐观的。

三、墙、去蔽或飞翔

墙是原型。单个建筑由墙合围，而城市则是一个个合围世界的聚落。《墙》是陆陆写于2019年的新作，这是一首深刻的诗歌。在诗中，陆陆写道：“竖起这道墙/就无所谓/冲决而出的突围/越过去，只是另一侧墙内//这一边光明礼赞/和背面之阴影咒怨/都是对墙的/莫大恭维”，是的，墙外的世界，还是墙，墙是合围、分隔、屏蔽，在这个空间里，人们获安全、蔽风雨、求舒适、保私密、避喧嚣。但是，墙也是绵延，它们穿透、延伸，是两个世界的界栏，是更大的世界的借托和映衬：“墙，有内而无外/绵延足够长/就能提供错觉/这个世界看起来/就会像有远方”。看起来像远方的不会是真的远方，“墙两边。同日当空/同一脉地河暗涌/呼吸与风雨自由逾越/墙身/只挡得住一个小小视角”。是的，大家都应该记住：“别把这个小视角/当成全世界”。

陆陆明白，人类被各种各样的墙所分隔。因种族、国家、性别、信仰、政见、观念甚至只是趣味的不同，人们各自为恨所隔开。这些不同，构成一种隐形的方言，把人与人隔开。在2017年的《方言两分世界》一诗中，陆陆也写到了这个主题：“方言两分人群/能听懂的，和听不懂的/乡下，鸟兽们向来各说各的/但虎啸，整座森林都懂一点//城里，满大街都在争着说话/风里塞满嗡嗡的噪点/似乎只有那座晨读少女的雕像/懂得沉默。而人们急于表达/未免尴尬，我假装听懂了/那些倾诉/全是自言自语//被锁在自我的躯壳里，永远/操着一个人的语调/方言两分世界：/我，与他人”。在这个世界上，我们看一个一个的个人从墙体中出来，他们参加聚会，他们争相言说、急于表达，他们的对话看似热闹，其实都是自言自语，都是躲在自我的墙体里搔着自己的痒。

再回到《墙》的结尾，陆陆向我们展示了肉身伤口上的“墙”：“伤口/隆起在皮肤上/曾流血处/痂结一道墙/溃与脓/墙根深埋//待痊愈/轻轻撕落”，肉体上的伤口是容易愈合的，但“墙根”却深植于内心的最深处，这种最深的隔离之伤可能永远无法愈合。

所以，陆陆所谓的私写作并不拒绝公共性。即使如西溪河下组诗系列，也是一个个小小的公共空间，是一批人共同的成长空间和记忆空间。这种时空的广阔性，隐藏着空间的大和时间的深。是内心的，也是实存的。

加斯东·巴什拉在《空间的诗学》中指出：“广阔性就在我们心中。它关系到一种存在的膨胀，它受到生活的抑制和谨慎态度的阻碍，但它在孤独中恢复。一旦我们静止不动，我们置身别处；我们在一个广阔的世界中梦想。广阔性是静止的人的运动。广阔性是安静梦想的动力特征之一。”在巴什拉看来，只要足够安静，你的内心空间就足够大；而一旦你处于盲目的运动之中，你的内心的世界就会变得非常狭窄。然而，陆陆的诗歌创作有个明显的特点：他的作品往往写于差旅的中途。旅途中，繁忙的日常工作被悬置，他反而能够进入一种足够安宁的心灵状态。

《兰卡威的酒店大堂》与他大部分的佳作一样，成于旅途。“兰卡威（langkawi）”一词是由古马来语中的“鹰”和“强壮”两个词语合成的。关于这座岛屿有许多传奇故事，其中玛苏丽的故事脍炙人口，现在是马来西亚最大一组岛屿，以滑水、海钓、骑马等出名。但陆陆没有写这些，他只是写了一个酒店大堂，于是，这个大堂的名字就成了地方，成了一首空间和人的诗篇。

陆陆喜欢这个大堂的空间，看起来恰恰是因为墙的撤离：“远行，穿越兰卡威清澈的山与海/我其实更喜欢酒店的露天大堂/叫它大堂不一定准确/我还从未在别处见过类似的所在/它其实是个院子，大敞棚立在中央//吧台上绘满透明的影子，后半是厨房/台前长凳短凳排排坐/拼起来时，桌子们有短有长//碎石铺满小院，左左右右/卧着好几张木榻/自带凉棚，还悬着吊床//露天的白瓷浴缸，大大小小/就这么嵌在地上”，这是一系列的白描式的场景叙述，给我们展示了一个透明而自然的光影空间，人在大堂中相遇，处于一种敞开的无蔽状态：“我还爱酒店的这个大堂/都说要来泡泡。穿上比基尼/或干脆脱光//也就是一说。客房围着/被海打湿的人和衣服都晾着/猫安静地穿过院子，月圆时/那一对瞳仁也圆”，人、自然和家畜都在一种自然的、内心无碍的去蔽状态。然后，有更多的人来了，来自自然，陶醉于自然，又在大堂自然自在地相处：“认识的不认识的，或坐或躺/喝酒，品茶，看书，闲聊，抽烟……/还可以做饭/还有爱被人抚摸的鹦鹉，和/披着薄纱拍照的姑娘//看海回来的说海，看山回来的说山/在七仙井瀑布滑水，到马进丈峰顶眺望/摩托车靠左行，最拉风是白色皮卡的后厢/小心抢零食的猴子，心念远空高傲的栗鸢/老板有一闺女三儿，厨房有嫩煎蛋/阿明藏了好多酒，几块钱的小鱼/才是最奢侈的菜/多吃点咖喱味的海鲜，把自己晒得黑些/带不走沙滩可以带走阳光”。絮絮叨叨地说着，一方面，是海的空间、沙滩的空间、独木舟的空间、红树林的空间、鹰的空间；另一方面，是厨房的空间、白色皮卡后厢的空间、婚姻的仪式空间，在大堂这个悠闲的空间相遇了。陆陆诗歌最好的一面，就是他的人性的广阔，他并不执着于孤独之深，而追求一种心中去墙去蔽后的旷达：

我爱兰卡威的这个酒店大堂
它是个院子，大敞棚立在中央
院里处处秋千，提醒您别急
兰卡威
主题是悠闲，其次才轮到风光

陆陆喜欢敞亮、开阔的空间，这是一个可以起飞的空间。在这个空间里，墙被废黜了。然后，人、动物、器具都开始奔窜、滑行和飞翔。陆陆的《给世界系上鞋带吧》呈现的是一个类似西班牙超现实主义画家米罗名作《动物狂欢节》的景象：“给酒杯和酒杯系上鞋带吧/给台灯和光线也系上/还有那只蝾螈，以及眼底一万头蚊子/给鼠标打个结，别叫它拖在桌面/带他们出街，沿着盲道/滑下缘石坡道/随刹车的尖啸，飞起/看看系上鞋带的世界/和光脚的区别//然后，成为过来人”，他让他诗歌中的意象都穿上了跑鞋，鞋带不是羁绊，而是一种向别处和远方的牵引。诗歌的结尾两句，耐人寻味："学会奔跑的羁绊/绑不住任何人"。这是一种艰难的自由，这个到处是墙的世界，这个空间被马路剖开的世界，还有各种无形的墙，各种永远走不过去的路……可是，陆陆却让我们学会奔跑，在羁绊中奔跑，而如此忙忙碌碌的陆陆，在羁绊中找到了自由，找暇"把自己推送给远方"，而旅行与写诗正是他突破羁绊、飞向远方的两种方式。

四、街角的空间、社会与人

"街角小辑"是陆陆诗歌中最丰富也是最集中的一辑，这组诗以一种陆陆特有的泥沙俱下的方式，酣畅淋漓地表现了他对城市街道的空间、意象、日常生活、氛围等的细察和感受，"从街角看过去"，是一种不远不近的距离，比直接加入街头生活要客观，又比走马观花要主观，所以陆陆说，"从街角看过去，是城市正确的打开方式"。当然，在个人经验的正确性中，作为一个老杭州，陆陆坚持西湖是杭州的中心："而杭州，每条路都往西湖/汇集。因此/从断桥看/这座城显得凝练/湖分两片：里西湖和外西湖/人分两个：许仙和白蛇/日子也只有两天：/夏天和冬天//街上。大楼、大妈和大气一样/都伟岸，又着急，还呛人/行道树端着架子/共享单车东倒西歪/直到路与路相遇或拐弯成街角/城和城方彼此相认//所以。从街角看过去/是城市正确的打开方式/界面友好，多视角无限网速/教你怎么读懂一座城"（《一条街只是一个集》）。

全诗从广州、北京、上海和重庆写到杭州街道，意象纷杂，也许挂一漏万，但具有陆陆独特的空间穿透力。现代都市，现代与后现代的景观交缠着，几乎所有人都已被高度分工了。在劳动者高度职业化的情况下，"游逛者"罕见而特殊。陆陆是一个非常特别的人：一方面，他是职业建筑师，自己也一直忙忙碌碌；但另一方面，他又常常成为一个波德莱尔式的游逛者。和普通人的视角不一样，游逛者在城市的脏腑里行走，却几乎没有任何目的，他可以在城市每一个角落，可以在城市里面大家都不注意的地方，也可以出现在大家都昏死过去的时刻。

在《清泰街》一诗中，陆陆写了城市沉沉睡去之后的清泰街："为什么总是清泰街/这座城阡陌纵横/当夜将每一个失眠者清空/清泰街还有人//说不清发生过任何故事/路演也没谁组织/那些反复浮现的陌生面孔/看起来只是不约而同//早就留意到这蹊跷/清泰街守口如瓶/在打烊前端走最后一碗面/背影。拦在各个街角”，这是陆陆少有的寂寥和神秘的诗作。

“街道芭蕾”是谁说的？当然，它的发明人是美国著名城市规划师简·雅各布斯，她的《美国城市的死与生》到今天依然散发着独特的魅力。毕竟，在城市的人行道上，凌晨的清泰街的寂寥是非典型的。而在街角，人们在与他人的互动中生活和成长，才是常态。陆陆的街角当然也容纳了更多的常态中的丰富生活：“南山下来/雨停在路边，凉快/街铺开张迎客，勤快/门口男伢儿穿着开裆裤/坐在婴儿车里专心哭得像个玩具/他没打扰谁也没被打扰，路人各自笑闹/在同幅画中各自平行，各有各的天地/各为投影。整座城枝叶绿满/盈盈坠落，如打湿的烟尘//街边的孩子会不会长成行道树？/保时捷擦臀而逝，轻快”（《小满》）。这是一系列的小剪影，是街道芭蕾的片断，但有时，我们会在他的诗里看到一个完整的街道芭蕾表演：

“一耳光过去，幼童甩向街角/沉闷的撞击，他根本哭不出来/闲汉们怒了，仿佛有火药味/街面上泛起叽叽喳喳//‘他踩到了老人的鞋！’壮汉说//孩子瑟缩着，嘴角带血/叽叽喳喳的声音此起彼伏//‘踩脏我的鞋，必须担责！’胖汉满脸委屈/‘否则他别想走。’壮汉义正辞严/孩子扶着墙，佝偻着身子/叽叽喳喳的背景莫衷一是//鞠躬、致歉。//‘我原谅他了，鞋也不用他擦。/我是个大度的人。’胖汉举重若轻/叽叽喳喳停了/闲汉们散去，等下一出戏/孩子的小小身影逆光中/轻若鸿毛”（《从街角看过去之轻若鸿毛》）。

这出街道芭蕾，似乎有点太残酷了。法国思想家列斐伏尔说“街道是一个即兴的剧场”，是一个会面、争执与和解的地方。也许，正因为无序，才拥有无尽的活力。在街道中发生的，是即兴的，没有剧本，在这样的街头场景中，每个人可以同时是观众、演员和背景。社会学家戈夫曼说：人人都在扮演某种角色，人人都在演戏，而演戏即表达。

著名社会学家桑内特在《肉体与石头——西方文明中的身体与城市》一书中，将自古希腊以来的城市浓缩为三种身体形象：第一种以“声音和眼睛的力量”展示古典时代人们如何参与城市生活、塑造城市形象，第二种从“心脏的运动”来探索中世纪和文艺复兴时期的城市理念和身心体验，第三种以“动脉和静脉”对应畅通、迅速和舒适的现代城市设计的模式。陆陆的街角总是打结的，它们没有“动脉和静脉”那么流畅，而是迟滞的，古典时代的声音和眼睛的力量仍然占据着主导地位。

“藏在街上/藏在人群中或者人群外/藏到找不到，或者藏到谁都不想找//藏进明晃晃辣眼睛的光/别让人发现骑廊下，阴影的假/假装手里没有那把匕首/当它是一束花/手指剥花瓣，一根根/往下掉，接着被七嘴八舌/踩扁，踩碎，踩进行道砖缝隙/让缝隙颜色稍微加深//藏进开始变酸的啤酒沫/假装手里没那束花/当成一支烟轻咬在牙齿间/一滴滴，咽下那丝腥咸//或者，藏进任何你可以想象的细节/让画面没任何改变//藏进垃圾桶，一点一点挪，把/最后一寸肥肉塞进硬塑料压成的长方形/将整座城，扔掉”（《街角》）。真实的、有力量的街角，是活生生的街角，它生活在自己的阴影、缝隙甚至垃圾箱里，陆陆以他惊人的坦诚，向我们指出街角生活那些不便提及的气味。真实的街角留在它自己那里，没有成为“动脉和静脉”的一部分。只有能够与城市街道直接摩擦的人，才会体会到城市的真正面相。

于是，陆陆成了一个步行者。法国哲学家塞尔托在《日常生活实践》中重申了步行的意义，步行者把城市规划所定义的“动脉和静脉”式的街道转变成了真正的空间。在这样的空间，每天才会上演街道芭蕾或即兴戏剧。波德莱尔在《现代生活的画家》一文赞扬这些艺术家致力于从“过渡、短暂、偶然”中提取永恒，“从流行的东西中提取出它可能包含着的在历史中富有诗意的东西”，波德莱尔自己是诗歌实践也是如此，而陆陆是这一脉诗人中的一个继承者。

日常生活是碎片式的，街角中的日常生活当然也是鸡零狗碎的，与人伴生的还有狗、猫、老鼠、蟑螂、蚊子、蚂蚁，这些微物和人构成了街角的生物圈，陆陆没有忽视它们，其中有一首，他为狗而写：“裙楼的阴影闪了闪，就不见了/只留下一对审慎的目光/闪烁如微尘。空气中，似乎有条短毛梗/在变淡，淡出视线//街角，有块筒骨也同时不见”。另一首为蚂蚁而写：“除了很少垂下目光的人类之外/这个街角还活着猫和老鼠、蟑螂、蚊子，当然还有蚂蚁/也许该分别叫它们一只耳、警长、小强、吸血鬼……/或别的什么，大家各有名号。除了蚂蚁//蚂蚁、蚂蚁、蚂蚁、蚂蚁/它们各自如何分辨彼此？/触角？气味？/另一种可能是，它们没彼此//顺便提一句，已有 n 多年了，这里没了麻雀”。

列斐伏尔认为：唯有日常生活才是那个最深刻也最直接的汇聚地，让我们能真实地、辩证地、批判地进入外部与社会世界。日常生活是一种剩余物，是被各种专业化的分析之后所剩下来的“鸡零狗碎”。这种表面“鸡零狗碎”的剩余物，才是最丰富的，恰恰是只有“目光向下”诗人们能够去揭示。日常生活暗示了普通、平庸，但是更为重要的是，在列斐伏尔看来，它蕴含了连续的重现，持续的重复。在陆陆写蚂蚁的诗里，我们可以想到人与蚂蚁的同构性：它们（他们）其实都是生活在更微观的触觉和气味里，但即使在微观中，也分不清彼此，悲悯藏于其间。

陆陆也写了街角清空后的世界，“雨一开始，世界就变得很远”，人撤离了，大自然重新占有了这里：

1
雨一开始
世界就变得很远

均匀、柔和、持续、连绵的
击打声不成旋律
但足够好听，足以宁神

沙沙的雨是筛子
将所有不和谐，过滤
在雨中
我是幸福的

2
梦一开始

天地就变得很近
未来一蹴而就
所有颜色都在拥抱你

3
她一开始
就是了

——《街角·雨一开始》

雨“沙沙沙沙”地下，一切安静下来。他感到幸福。喧闹的世界，陆陆能够接受并欣赏，而雨中和雨后的宁静，则是他品味自己和品味世界的时刻，在宁静的时刻，他回到诗意的纯粹。是啊，陆陆也可以写出这么纯粹的诗。此刻，街角，雨、雨声、天地、梦、未来、颜色，还有一个作为亲在的神秘的“你”……社会性的街角突然还原成为一个“天地人神”共在的初景。

五、时空余绪：在波德莱尔与柯布西耶的交叉点上

如果给一个定位，那么可以说陆陆处于现代诗歌鼻祖波德莱尔和现代建筑先驱柯布西耶的交叉点上。

如前所述，陆陆在诗歌中每每作为一个观察者、游荡者的面目出现，从西溪河下、运河、某个城市街角、某个酒店大堂及至全世界的海角天涯，他是一个入世者，出没于人群中：工作伙伴、诗友、各级的同学、同行以及更多的路人之中，然而，他在其中，又不在其中。他关注那些地方、那些空间、那些其间生老病死的芸芸众生，然后返照自我。

波德莱尔笔下的画家居伊是如此：

“如天空之于鸟，水之于鱼，人群是他的领域。他的激情和他的事业，就是和群众结为一体。对一个十足的漫游者、热情的观察者来说，生活在芸芸众生之中，生活在反复无常、变动不居、短暂和永恒之中，是一种巨大的快乐。离家外出，却总感到是在自己家里；看看世界，身居世界的中心，却又为世界所不知，这是这些独

立、热情、不偏不倚的人的几桩小小的快乐，语言只能笨拙地确定其特点。观察者是一位处处得享微行之便的君王。”

从一个比较疏离的角度看，波德莱尔自己也是这样的一个闲逛者。对人群和城市的旁观和洞察，使陆陆成了波德莱尔的近亲。

至于柯布西耶，他不仅仅是个建筑师。柯布西耶在 1930 年入法国籍时，在身份证“职业”一栏一本正经地填着“作家”名号；而在 1943 年，作为法国人的柯布西耶要申请祖国瑞士的旅行签证时，“职业”栏上填写的则是“建筑师、作家”。2019 年，柯布西耶的诗画集《直角之诗》的两个译本几乎同时在国内出版，柯布西耶终于以诗人的身份进入了汉语世界。

尽管谁都在批评柯布西耶，但是谁都没有他那么丰富、那么具有创造力。在他的《直角之诗》中有机械式的直角：“但我站立起来！/因为你是直立的/你也准备好了。/站在大地的平面上/领会事物/你同自然签下/团结的条约：这就是直角/你站立着/垂直面对大海”，但他也看到生命的曲水流觞：“生命将面临更迭/披荆斩棘。它将抽刀断水/力挽狂澜/将它们精确地焊接在/不羁的道路使它们/相遇的地方。……在思想里，/在人们进取的事业里，/在复兴的变化中/然而由精神/喷发的轨迹/被先驱者所构思/超越混乱”，直角之诗和曲流的原则都是对混乱的超越。想想柯布西耶的朗香教堂吧，我认为，对这个教堂描述得最好的恰恰是他自己的一首诗：

“精神/摆脱束缚好过/从前隶属于形式的/人们的房子/建造在自然中。/完整的自身/根植于大地/朝着四个视域开放/向常驻的云朵、/天空或星辰/提供屋顶/看那夜枭/自己来到了这里/尽管没有被召唤/仍悠然休憩”。

朗香教堂那粗粝的体块，立于群山间一个小山上，像原始社会的巨石建筑，又像一株长存几千年的树桩。它的墙体是弯曲的，有的还是倾斜的，屋顶向上翻卷为云朵和星辰开放，迄今，朗香教堂仍然是最现代的建筑，在最素朴的形式内部，我们感到各种力量在怪诞的尖叫中走向汇合。朗香教堂正是这样一首汇合的诗，在各种力的中心有一只夜枭在安然休憩。

从柯布西耶的伟大汇合中回首波德莱尔，这位现代诗歌的伟大先驱者，他不仅是一个伟大的诗人和散文家、伟大的艺术评论家和美学家，他也是一个壮志未酬的伟大小说家。他是一个汇合的人，是现代世界文学的宽阔河口。陆陆走到了这个交叉点，在波德莱尔和柯布西耶的交叉点上，他的道路又广阔又深邃。

在陆陆某些最好的作品中，他开始与柯布西耶和波德莱尔秘响旁通，比如《蒲甘落日》，伟大的建筑物沐浴在自然和神性的双重光辉之中：

他们种了所有的树，疏朗，但满布大地
也种了全部的塔，红土中长出红砖塔身，满布大地

夕阳塔树，细长的阴影在灰红色雾霭中疾驶
一万座塔一万个样子，一万个样子各个相似

他们种下所有的塔，红土地长出信仰
看得见的历史，写在道路两旁

而看不见的手，已敲下回车
蒲甘的晨昏，定格

鸟，啼如风铃叮咚。清脆，抛散在晴空

神那！阳光下细尘微动，整个世界屏住呼吸
是的，达玛央吉的砖缝已经对齐
真实不虚

红砖的夕阳塔树正是柯布西耶所说的“朝着四个视域开放”的建筑，作为一个诗人，陆陆自觉地进入诗歌创作比较晚，但作为一个人，他已经汇合了人类的各种知识和经验，这些知识和经验将会与创作经验一起，汇入到陆陆的精神世界中。在一个汇合又敞开的诗歌屋顶上，诗人陆陆方能唱出更多独属于他的精彩！

目录

从街角看过去

西溪河下

酒城令

划船去看你

小瓢虫的叹息

意外的白鸟

从街角看过去

深雪

雪覆盖了雪覆盖了雪覆盖了雪
是深寒被悬冰隐藏于高冷

雪覆盖了雪覆盖了雪覆盖了雪
是纯洁被纯粹隐藏于纯真

雪覆盖了雪覆盖了雪覆盖了雪
是伤痕被伤痕隐藏于伤痕

雪覆盖了雪覆盖了雪覆盖了雪
当旅人消失在城下的故村

是流云卷风
当大雪拥门
是雪覆盖了雪覆盖了雪已倾盆

于是板桥上层层叠叠的习惯
于是天地间一再重复的空阒
于是雪落在雪落在的所在
于是心止于心止于的
终于

2016. 2. 1 夜于世纪新城

小满

南山下来
雨停在路边，凉快
街铺开张迎客，勤快
门口男伢儿露个小鸡鸡
坐在婴儿车里专心哭得像个玩具
他没打扰谁也没被打扰，路人各自笑闹
在同幅画中各自平行，各有各的天地
各为投影。整座城枝叶绿满
盈盈坠落，如打湿的烟尘

街边的孩子会不会长成行道树？
保时捷擦臂而逝，轻快

2018. 5. 26 假装今天是小满，记于道墟

成都三题

——尽管从未在飞机降落时听到过传说中飘于城市上空的麻将声，但确实每次都有惊喜。

一、成都、成都

——以麻辣分辨敌友，以红汤热烈欢迎

以我的肤浅视角，成都的天
永远是亮汪汪的锅底
当然，也包括没那么整齐
却一贯的环境，和不那么着调的川普
和不那么高大的人民

无论宽窄巷子、锦里，还是太古里
满城火锅味，始终在隔空翻炒你的味蕾
定义你的胃，还搅动了……
(你猜得不对，不是你的心
成都没那么复杂)。它直接搅动你的
另一副“下水”，俗称小胃
这平日不存在的第二套消化器官
现身拥抱锅底
吃到停不下来

用麻辣分辨敌友
以红汤热烈欢迎，成都
总那么直接
同拒绝崇高一样拒绝深刻
再耍花招也就是变个脸
——这个以休闲著称的城市能懂
我的肤浅，并气味相投
可能只是单方面误读。

（“非非主义”的诗人们也许会认同）
这不重要。我是我，一个过客

一个人的战争，只能胜利
一座城的凡俗，约等于奇迹
成都，成都

2018.6.1 一个儿童节的常客，脱离了低级趣味的人

二、 读建川博物馆战俘馆

——这抹阳光，被安置……在此时此刻，此生。

1

从高处洒落的光
不是在说天还亮着
只证明，四周包围着墙

向人侧倾的墙
不是在靠近与保卫
是规定，只许有一个方向

向前、曲折、向前
单向度的空间
被驱策者只许向前，迈入深渊

自由不是有路
是有选择

2

囚禁的终点，是死亡

设计者却以 1/10 篇幅、1/3 体量
构筑那一段“光明的尾巴”
那片倒映天地的宁静
在予参观者以抚慰，或者
只为逝者准备

其实，这就是历史
忘记残酷，记得勇敢
那个无所畏惧的女俘
黑发中分，如双翼垂落
带起嘴角的微笑如风
时光，擅长以黑暗刻画明亮
包括她的名字
成本华

3

视线外，山雀啼啭清脆
宛若精灵
触电般击穿凝固的空气，撞碎
在厚重的墙上
……仍旧清脆

总有些东西是关不住的
这是囚笼，而声音在飞翔

2016. 6. 2

回忆此行最好的博物馆之一。对比李卜斯金的大屠杀纪念馆纯以杀戮聚成的丰碑，这个馆同样出色，却在终章时刻意抹上一丝温情。在李卜斯金那里，这抹阳光被安置在柏林街头，安置在此时此刻，此生。

三、 从来福士广场远眺西村大院

——穿什么不重要。我们关心的，是建筑与人民

1

我平常西装革履
领口雪白
时不时蹬起靴，套进冲锋衣
随心情在山林间漫步
也偶尔对襟麻布
品热茶抛冷眼，袖手高谈
但不晓得，能否撑得起竹笠蓑衣
躬耕南亩这一款，还真没试过

当然，我也会口袋里装口袋
假装户外归来。酒吧泡妹
门口，停着我从未出过城的越野吉普
我也能立起衣领，假装热爱思考，随手
翻着我从未读完的《尤利西斯》……
是啊，我差不多跟成都一样游刃有余
该变脸就变脸、从来不装
有范又亲和

(悄悄告诉你，其实我更擅长另一种姿势：
——穿起我的老头衫，驾驭上述所有场合……)

2

可我不能想象谈生意时，西裤上有污渍
也不能接受谈文艺时，领口上很油腻
不过，假装从西藏回来时

污渍与油腻就不是问题
你甚至可以加上汗熏和烟味。但问题是：
不能用别人的餐巾来擤你的鼻涕
见多了装B失败的种种表演
见不得自诩自嗨，分分钟出戏

所以，面料不是借口
式样不是诀窍
裁剪也出不了奇迹
穿什么不重要，谁来穿才是问题

对！我其实是在说来福士广场和
西村大院，穿什么不重要
我们关心的，是建筑和人民
身为建筑师，我有点空间洁癖
见不得在这个点上说谎：
进入，是空间的本质
我是说形式追随想象力
而梦的背后，是至诚

所以，低技不是借口
风格不是诀窍
建构也出不了奇迹
我看到人们在来福士消费
在西村大院拍照
最准的测评永远是用脚投票
人们或许各有各的品味
但不会搞错，哪个空间更友好

3

透过成都阴郁中带着明亮的空气

从来福士广场远眺西村大院
我们看见，来福士一心一意拥抱主流社会
西村大院却在向九龙砦城致敬
我们似乎可以看见一条隐秘的边线
横亘于创造的野心与现实之间
你当恪守，别轻易越界：

你可以尽全力构想一件日用商品
但别以为能设计一种日常生活

生活总按自己的逻辑前行
所以，来福士广场也会有一天陈旧衰落
西村大院也会有它的活力与命运
甚至也有机会长成最初想象的样子
但记住，真正的雕琢者，是进入空间的人
手握眼泪和决心、梦想和勇气

设计停止的地方，生活开始

2018. 6. 3

成都，一个丰饶的内陆都会。全中国都做屋顶绿化，就数成都的树大。我家乡杭州的屋顶花园，多选些小草小花意思意思，“以小见大”，往往过不了多久就在烈日下牺牲，少数幸存者也挨不过严冬。成都高楼大厦屋顶上郁郁葱葱的大树告诉我们，天府不同于天堂。天堂精致，天府广大。

又：我不是说史蒂芬霍尔管好了身体，虽然看起来确乎如此。

从街角看过去（组诗）

这组诗源于北回归线的同题习作。自亮兄出题后，某种契机让我一写再写。也许是角度较有弹性，也许是这个世界丰富，当时甚至觉得可以写上一年。最后停在七月，大约被夏日酷暑挤掉了最后一丝诗意。

街　角

藏在街上
藏在人群中或者人群外
藏到找不到，或者藏到谁都不想找

藏进明晃晃辣眼睛的光
别让人发现骑廊下，阴影的假
假装手里没有那把匕首
当它是一束花
手指剥花瓣，一根根
往下掉，接着被七嘴八舌
踩扁，踩碎，踩进行道砖缝隙
让缝隙颜色稍微加深

藏进开始变酸的啤酒沫
假装手里没那束花
当成一支烟轻咬在牙齿间
一滴滴，咽下那丝腥咸

或者，藏进任何你可以想象的细节
让画面没任何改变

藏进垃圾桶，一点一点挪，把
最后一寸肥肉塞进硬塑料压成的长方形

将整座城，扔掉

2018. 5. 4

街角——写给蚂蚁

除了很少垂下目光的人类之外
这个街角还活着猫和老鼠、蟑螂、蚊子，当然还有蚂蚁
也许该分别叫它们一只耳、警长、小强、吸血鬼……
或别的什么，大家各有名号。除了蚂蚁

蚂蚁、蚂蚁、蚂蚁、蚂蚁
它们各自如何分辨彼此？
触角？气味？
另一种可能是，它们没彼此

顺便提一句，已有 n 多年了，这里没了麻雀

2018. 5. 6 写在红山之后

街角——写给狗的

裙楼的阴影闪了闪，就不见了
只留下一对审慎的目光
闪烁如微尘。空气中，似乎有条短毛梗
在变淡，淡出视线

街角，有块筒骨也同时不见

2018. 5. 6 晨改写邹宴之作

街角男人

从转角看过去
那条街一样的男人
还没打烊

2018. 5. 7

一条街只是个集

一条街只是个集
两条路才叫城
街和街彼此相似
城与城因此陌生

从街角看
北地，城如棋局经纬四方
江南，路像麻团拎不清头绪
广州的楼与楼握手
北京的楼和楼站队
上海的路与路挤着
重庆的路和路打结……

而杭州，每条路都往西湖
汇集。因此
从断桥看
这座城显得凝练
湖分两片：里西湖和外西湖
人分两个：许仙和白蛇
日子也只有两天：
夏天和冬天

街上。大楼、大妈和大气一样
都伟岸，又着急，还呛人
行道树端着架子
共享单车东倒西歪
直到路与路相遇或拐弯成街角
城和城方彼此相认

所以。从街角看过去
是城市正确的打开方式
界面友好，多视角无限网速
教你怎么读懂一座城

2018.5.1改于大岭村

站立的街招

从街角看过去，巨幅喷绘挡住
半截高楼。陌生的她仪容端洁，微笑着
又好像没笑；立在绚烂的红色背景前，看你
又好像没看。嗯……她
最美杭州人冯友美

下个路口，李嘉欣的确在看你
右手边公交车身上，闫妮的确在微笑
当然，站台旁孙红雷比较严肃，左手
平伸向前……切！想让我来一部OPPO手机
而店招上的陈坤谁也没看，对，他只是
在用目光注视自己的目光，格外明亮
微笑，人家是职业的，那画面很美

沿街向前走，沐浴着他们的和她们的
目光与微笑，还真像在给你洗澡

熟练还是陌生不重要，职业还是业余也不重要
……不，你没猜对
真诚还是虚伪，同样不重要

重要的是，没这习惯，这是公共场合
我只在街上洗车。洗澡
我要回家，一个人或者同我的爱人们
一起，想想都美

2018. 5. 11

又一首同题。这首是照着自亮兄的车上广告写的，没他简短有力，但愿也能别具一格。

蝉

从街角看过去，是人群
他们沉默如烈日下的蝉
愤怒如尘埃，风一吹，散了

于是，又一层污垢腻上各个角落
空气中挥之不去的异味

寻找美与食

我吃过，但名字不晓得
沿回忆的路寻访，推开每张店铺
味道已模糊
但鲜美还停在舌尖

每棵行道旁的树，问遍
在毕生的食单上
添一笔浓郁芳馥

就这么馋
可记性远逊色于胃口
甚至已忘了荤素

具体的美食终于简约为
抽象的断言
我惊艳于你硕大的美
谁知道她是谁

2018.6.6

从街角看过去之每个建筑师都是哲学家

我沿街敲打文字时
必须发出清脆的声音
以此为线索
寻找登山临水的可能性
纸页上，应该有
青铜的光泽
每级生长思想的阶梯
滴水在滴
洞穿了昨夜基石
将现实掩埋

那婆娑世界发亮，倒影
荡起涟漪
瓢泼大雨般的篝火
把碑石点燃
他没有放弃承诺

你也不可能会失散
聚集在2018年6月的这一天

我懂得敬畏
铺满荆棘，前路
是心的方向

从街角看过去之门房老妇

1

守着门房，窗正对街角
守着百十家人，认全了男女老少
橘色小车靠边停，是她女儿来接
要跨半座城，天目山路看阿姐
听说不肯吃饭，伊住院 2 年
扳扳手指，我守门房也快 10 年

2

老阿姐住二楼七床，人有点木
除了瘦，其实也没什么
问声好也做不了啥，都曾有儿女，各家念经
还是早回门房，人多热闹反而安心
就是外孙女大了不好老住门房
这事，回头要去找她奶奶商量
今天临别老阿姐看着我，想说
没说。我知道她心里想要什么：
她想回家，我也是

2018. 5. 10

从街角看过去之轻若鸿毛

一耳光过去，幼童甩向街角

沉闷的撞击，他根本哭不出来
闲汉们怒了，仿佛有火药味
街面上泛起叽叽喳喳

“他踩到了老人的鞋！”壮汉说

孩子瑟缩着，嘴角带血
叽叽喳喳的声音此起彼伏

“踩脏我的鞋，必须担责！”胖汉满脸委屈
“否则他别想走。”壮汉义正辞严
孩子扶着墙，佝偻着身子
叽叽喳喳的背景莫衷一是

鞠躬，致歉。

“我原谅他了，鞋也不用他擦。
我是个大度的人。”胖汉举重若轻
叽叽喳喳停了
闲汉们散去，等下一出戏
孩子的小小身影逆光中
轻若鸿毛

2018.5.18

嗑瓜子

我穿街过巷时嗑瓜子
我嗑嗑嗑嗑嗑嗑

家里嗑起来不过瘾
街上嗑起来嗨（大王叫我来巡山）

走一路吐一地瓜子壳
我呸呸呸呸呸呸（完全停不下来）

问道对面你瞅啥
你到底瞅啥瞅

咱各嗑各的瓜子瓤
各吐各的皮（我的地盘我做主）

不服咱就来对嗑嗑看
我呸呸呸呸呸呸

（吃瓜子养生，嗑瓜子养气
找准个节奏带一带）

相逢一笑递一把（泯恩仇）
我嗑嗑嗑嗑嗑嗑

2018. 5. 25

闲来读文，有云俄罗斯街头流氓流行嗑瓜子，戏为文以拟其行。

清泰街

为什么总是清泰街
这座城阡陌纵横
当夜将每一个失眠者清空
清泰街还有人

说不清发生过什么故事
路演也没谁组织
那些反复浮现的陌生面孔

看起来只是不约而同

早就留意到这蹊跷
清泰街守口如瓶
在打烊前端走最后一碗面
背影。拦在各个街角

2018. 5. 17

物候新 · 绿巨人

蔬果也是生灵
所以只忌荤腥不够
最具想象力的生长是叶绿体
从此沐光饮露能饱，并开始关心天气
那片蝴蝶在亚马孙河谷挥翅
两周后，飓风横过得克萨斯荒原
拉尼娜和厄尔尼诺连续六月，徘徊
在秘鲁附近。大溪地七年听雨
等南太平洋信风重启，南方涛动
以群峰为帜，越三百万载冰河壁立
眼前这九千八百寒暑，地球从冻土苏醒
乘浮冰驶离两极，遍访诸洲边境
所以，要细分二十四节气
而且，要栽入叶绿体
亲身参与碳水化合，制造新鲜空气
做彻头彻尾的供给侧，但拒绝成为植被
爱漫游不依附土地。并坚信
肉食者鄙

2018. 5. 22 于求是西溪

物候志 · 从街角看过去

没有树，我们如何辨认季节？
从玻璃幕墙的反光？
从紧急刹车的声音？
从地铁驶过的振动？
从雾霾深处的烟熏？

没有土，我们如何收藏落叶？
用敲键盘的指尖？
用高跟鞋的脚印？
用空调里的喷嚏？
用炒老板的鱿鱼？

正好我们不再收藏落叶
正如我们不再辨别季节

2018.5.17 前一题还没刹住，两题合写试试！

街角 · 雨一开始

1

雨一开始
世界就变得很远

均匀、柔和、持续、连绵的
击打声不成旋律
但足够好听，足以宁神

沙沙的雨是筛子

将所有不和谐，过滤
在雨中
我是幸福的

2

梦一开始
天地就变得很近
未来一蹴而就
所有颜色都在拥抱你

3

她一开始
就是了

西溪河下

西溪河下（组诗）

映雨（沈潜）

映
　在镜里的是你的眼吗
映
　在花上的是你的手吗
映
　在水中的是你的足吗
映
　在月下的是你的影吗——今夜有
雨

2010. 11. 23

映雨（2）

映
　红了天际的，是霞
　映带湖山的，是月
　映对笑脸的，是镜
　我生江南
　映照一生的是
雨

2010. 12. 2

漫步人海（马强）

漫步
　　街头时我想回家

回家中坐时又想出门
别问为什么
我只是偶尔有点苦闷
想起我想的你还在
人海

2010. 11. 23

宝石（王逾）

宝
贝们
请于各自的深闺里焚香等候
在每个或长或短的夜中
我会把你们一一刻上
缘分的三生
石

2010. 11. 23

玉牛独狼（陈建军）

玉牛——独
上西坡，羊很多
草肥水美涨势挺不错
找不到，心里乱，别理我
屏住一口口水山头坐
——要抓喜羊羊
还靠灰太
狼

2010. 11. 24

一刀（孟泉）

一
　刀又
　一刀一
　刀又一刀
　一刀一刀又
　一刀一刀一刀
　又一刀
　——石屑纷飞，泉（钱）如雨下

2010. 11. 26

一刀（2）

一不小心爱上
一生一世记得
一心一意的一
刀

2010. 12. 23

南南（李宁）

南
　风吹不散蜂语呢喃
南
　来北往记取所有南腔北调的回忆
南
　墙下秋千尚在，人已南征
南

　于江南，南于岭
南

2010. 11. 26

辉原爱（卢霞）

辉
　煌煊赫于暮鼓晨钟间最娇艳的
　那一抹明亮
　温暖夜幕下所有刚出与将入的心
　有时被称为原色
　人更常称她为
原爱

2010. 11. 26

辉原爱（2）

辉，原谅我
　　朝朝暮暮的萦绕
　　深深浅浅的映照
　　岁岁年年的
爱

2010. 12. 15

开心（林坚）

　开
灯，关门，放狗，小
　心

2010. 11. 26

开心（2）

开
　瓶的那一刻
　我永远是你
　不曾改变的
心

2011. 3. 23

青藤（朱青争）

青
　涩的等待已放在凛冽的风中
　曾经那条
　缠绵悱恻的
藤

2010. 11. 26

飞叶（吴军）

飞
　是最大的梦
　却高挂于枝头一生
　终于等到与风拥抱嬉戏的一刻
　那个瞬间
　是名为飘零的黄
叶

2010. 11. 26

蓝色追风鸟（汤振华）

蓝色追
　梦
　白色追
　雪
　红色追
　风
　觉来移眸倾城
　飘去潜迹隐踪
　且挂风铃，为引
风鸟

2010. 11. 29

香香小脚丫（王芳）

香香
　　的味道飘自邻家
　　油亮亮地在餐桌上招摇的
　　难道是昨天踱步过门前
　　那头胖猪的
小脚丫

2010. 11. 30

红尘紫陌（程敏）

红尘
　　过
　　且听那世语新说

兰台坐，看淡了花开花落
青山卧，醉深处无非寂寞
黄叶乱，东风错
城里城外，唯难别绿杨
紫陌

2010.11.30

兰台企划（汪家玲）

兰台企
望再见，那鲜衣怒马的少年
执手有怨，挥手无言
相见何如怀念
此恋
最深的伤，是你那一
划

2010.12.2

丹桂飘香（王卫红）

丹桂
撒细碎的金黄
于阳光照彻的午后
如少女羞涩的微笑
温暖有伤的心
持续
飘香

2010.12.2

冠农（周新宇）

冠
　盖云集的宴会中
　他让你紧张，酒让你放松
　你最佳的选择
　是扮一个从容的果
农

2010. 12. 2

卡帕儿（于建华）

卡
　介苗打好了吗
　小手伸出来看看
　疼吧
　看你，沾着鼻涕眼泪的
　那帽儿、袖儿，还有
帕儿

2010. 12. 3

南瓜先生（付晓光）

南瓜
　与西瓜同老，较西瓜后上，比北瓜
先生

2010. 12. 3

纯咖（童小磊）

纯
　真年代，纯生啤酒
　要么一起醉，要么就分手
　你的苦与涩，懂了跟我走
　别加奶，我要黑
咖

2010. 12. 3

平安是福（陈叶）

平安是
　　　被互赠的礼物
　　　是男孩给女孩的承诺
　　　也是女孩给男孩的幸
福

2010. 12. 7

星月魂（林少莉）

星月
　　辉洒薄雾轻尘
　　浅蒙，江山易冷
　　夜深处
　　人已分
　　歌沐神恩
　　曲入心
魂

2010. 12. 8

听海观风（袁骏）

听海
　　上的人说
　　天边有浪，浪下有鱼
　　若非追鱼，何以惊浪
　　若非奔浪，何以入眼
　　若非设眼，何以
观风

2010. 12. 8

糖醋排骨（陈洁）

糖醋
　　蘸蘸，酱油卤卤
　　别怪我吃相带些粗鲁
　　这可是人家外婆的礼物
　　每天准时的小小幸福
　　年糕炒——
排骨

2010. 12. 10

Jean（王瑾）

Jean，润泽而坚硬的晶玉首饰
Jean，褴褛而时尚的牛仔裙子
Jean，熟悉而陌生的同桌相识
Jean，温柔而坚定的心理医师
　　那年，我们是孩子
Jean

一条鱼（卢士青）

1

一条
　　围巾，从颈侧悄然滑落
　　带走了全部体温
　　然后在都市坚硬的礁石间冷冷地游过
　　所以我是
鱼

2

一条
　　路，落叶为际
　　蔓延至天边，隐没在那湖绿光里
　　水中，是另一场精彩开启
　　所以我是
鱼

3

一
　场梦开始于醒来的那个池塘
　小雨，点点滴滴
　我还是那
条鱼

2010. 12. 15

欢颜（苏彪）

欢
迎随时来浏览
我易朽的生命
你审慎的目光
总让我伤感无
颜

2010. 12. 29

漂流（林晖）

漂
亮而轻捷的身手
总在爱边缘行走
美是唯一曾经的停留
夹岸飞絮扬花的垂柳
江心无声奔涌的暖
流

2011. 3. 23

ALSA（高艳）

高
树白花春天
细雨东风人间
远山横目清见
ALSA

最是那一抹映日的明
艳

2011年春，玉兰盛开，仿致远体，赠ALSA。
2011. 4. 22

对着电脑傻笑（郭建军）

对着电脑傻
呼呼等——一切还未明了
虽说故事缺席——你还路遥
在每一个春风沉醉的夜，注销
全部严肃，登录你的欢
笑

2011. 4. 27

飞鱼（邹文华）

飞
鸟们也一样会羡慕的
缓缓滑行在那蔚蓝的明亮里
你也曾不会游泳，那
鱼

2011. 4. 27

蛐蛐（严琪）

蛐蛐
约你在每一个流火的七月
不为操戈，只为听你唱歌

　　若听罢激昂嘶吼还能登车
　　再行决斗，也可
　　来啊
蛐蛐

2011. 4. 27

西雅图（纪文芸 & 李征）

纪——年里总会留下些许
文——字难以尽述的美丽
芸——芸众生中也有感动被记忆
　　　当年花开江南的桃李
　　　　　　于今已西征

2011. 10. 5

赠丁力

丁香般的雨滴
　纷读前窗的记忆
　在你陌生的故里
　再见我尚熟悉的你
　曾经最认真的小姑娘
　总目标明确，目光坚定
　向来只跟自己，在心里顽皮
　如今微笑已长刻嘴角
　依旧用心，然而淡定
　行止从容而生的美丽
　噢！是时光引路
　终于和生活达成默契
　将日子过得
　不那么用
力

2015

赠少聪

少

女的眼神流动
调皮让时光轻松
声音像跳跃的风
笑一笑一生从容

日子漫长也匆匆
万物皆各自懵懂
周遭已渐趋老迈
你却没什么不同

还是热情，仍旧
淡然。岁月就是
学会在，所有
无关紧要处失

聪

江帆

江
　鸥以某种冷峻的方式
　告别城市渐近黄昏的私语
江
　流也以更加冷峻的方式，经行城市
　并以同样的方式，漫过田野
　既没带起万顷麦浪
　也没带走万家灯火

江
　水向雾霾深处涌去
　桥下瞬现夕阳起伏的倒影
江
　轮不再鸣笛，因为航道空空
　大块大块的水拥挤着
　或者拍击两岸
　或者奔入海

　如斯者仍在
江
　湖的舟楫无奈
　月引潮引歌引爱隐
帆

联欢

联
　袂而至的春花已将全城覆满
　唯一空白停在倒影青天的湖畔
　若想要体验更多春色
　轻舟造访含羞半醒的青山

　云根深植于远村乡关
　雨脚紧随漂荡的木船
　我只负责送你离岸
　然后各自去经历彼此的悲
欢

冯萍

萍——水相逢的
　　　遇见
　　　很少仅
一生一次

　　　以慵懒的名义
　　　而执着
　　　我建议
一次一生

晓敏

晓——得了
在这个月夜
飞翔在圆满的光辉下
摇摆的世界如苹果

跟着快乐的一群
享受溢出的热情
我会对爱
过——敏

2017. 10. 3 于加拿大 Kelowna

凌波飞鸿

凌晨，一场未曾谋面的雨，匆匆
  留下那道虹
波澜不惊，高悬湿亮亮的城中
  身姿从容
飞吗飞吧飞呀！你贯彻青空的明朗
  你七彩羽翼的娇纵
    你为高楼广宇，沉静也高调地
      着色。萦带九
鸿

2017.10.4 于加拿大坎莫尔

“西溪河下”

永生

永
字八法：
点为侧，横如勒，竖若弩，钩似跃
提为策，撇如掠，短撇若啄，捺似磔
锋戟森严运笔如阵
鄙弃没脊柱的墨猪，卫夫人
授正楷，偏要以筋骨为能书写，一次抽象的诞生
非关技巧熟能生巧，必须承认
没功夫绝对不成
但再多汗也敌不过天分
所以我只是手有点冷
成功这张纸，认
生

2017.10.7 于加拿大温哥华

盈盈一水隔天涯

纤月如指垂落清芒，拨开
缭乱光阴，照见无数条不同道路。阳光下
路只是路
似乎月光才让
路成为道路

孑立成一道路标
不知要经历什么
方立临此岸
渡
或者不

2017.10.5 于加拿大 Banff

文瑶

文——字

无能描述时有音乐

旋律也难暗示处，随风过

你总在自己也纠结的地方等我

解决难题的是微笑

也罢

“投我以木桃

报之以琼——瑶”

2017.10.6 于加拿大嘉士伯

蓓蓓

蓓蕾

　　苞含多义与风姿，以及香味

　　鲜艳得不知不觉。本该赠给想象

　　绽放各种搭配

　　可遍访字典也就那一个词

蓓蕾

　　应该是这世界错过了什么。会不会

　　是天真错过年纪，勇气错过起飞

　　海错过了水？

　　又或者

　　只是造物在给明天预存礼物

　　空间无限的这一个字

蓓

2017.10.7 于加拿大 Camloops RV park

雨薇

雨——的流苏
垂在城上和海上的明度　　　　不一样
问候北方的态度　　　　　　　不一样
分割两片大陆的密度　　　　　不一样
如约当季，零星早到的冷　　　不一样
那么
青色灰色白色紫色紫色粉色浅色
那么
躲着躲着让着舞着碰着闪着等着
那么
轻的清的浅的低的暗的收的收的

那么
你忘记带刺的笑　　　　　　　不一样
无意扬起的裙角　　　　　　　不一样
没打伞
沐风的美　　　　　　　　　　不一样
会心却不说话的美　　　　　　不一样

这也是生长
而我们此刻要去
“采采芣苢
采荠采——薇”

2017.10.8 草于雨季将临的温哥华

重逢——代马清谢诸同学

马——蹄踯躅山花般岁月
　　最优雅的怀念是忘却

　　惊喜于有这么多笑脸
　　收藏着我一部分生命

　　要郑重向每个人抱歉
　　无论是不是有人在听

　　过去的时光除了美好
　　我什么都已经记不——清

2013

酒城令

酒城令

烈酒　被荡荡倒进这个时代　的胃
都市　的狗脸　在摇滚　中互怼
青脸的的士　晃过　红脸的楼盘
撞见白脸的　岁月　开始脚底拌蒜
于是，视线　开始旋转

撸起袖子　狂饮催吐　胸中的块垒
步兵翻起白眼　冷看　叔夜挥起铁锤
他俩用沉醉　解决的现实　如今不成问题
问题是　槽点实在太多　怎么吐都来不及
本只想开开心心喝到　畅畅快快　地吐
不料出门就被静安寺大妈　拦住
先生：请遵守垃圾分类
于是，长街开始旋转

当初少年　总能凭借　澍雨唤醒宿醉
如今云上　满满载着　大数据　成堆
偶尔挤落一些　各路大神　注入　的水
却风干在摩天大楼林立之间　有来　无回
吸干一切这座大城　自诩　海绵
零星漏下几滴雨点　不够打湿脸
噼里啪啦好像也　只够　打脸
小雨打脸　只够“一寸一寸　醒来”
于是，城市　停止了旋转

烈酒　被反复晃荡倒进　各个时代　的胃
各个时代有各个时代　各自　的醉
各落各自的胃，各看各自的美
人们总想　用美酒绊住　时间的后腿
一直以来　这招有效　截止到昨夜
昨夜不知不觉　被灌到　断片

醒来立在周遭高楼围立　陌生　街前
想不起这座城市何来何往如何走到　今天
再倒一杯　再尽一杯　说可以还魂

于是，世界旋转　开始　上升

2019 年 7 月 30 日草于京杭道中。本诗应晓明兄之邀，专为第三届国际诗酒文化大会而作。当时正在杭州至北京的高铁上，一路听着如丝般柔滑绵软的节奏，如饮醇酒，如果说过去绿皮火车的轰鸣是闷倒驴和二锅头，那高铁必须是国窖 1573。听着听着不觉入梦，醒来就有了本段文字。浮生若梦，诗酒为怀，逆旅过客，或只在酒中方能不负光阴。酒不负诗可以兴，诗不负酒正当令，草成此当代酒令，与同好共享。

悼！子欣子欣

1

让我掉下眼泪的，是你圆的笑容
让我心如刀割的，是你真的无忧
那个镜头闪过后，你就去海无踪
让我痛入骨头的，是你终于自由

蓝色充气游泳圈，像圈套扼紧的手
人间最恶的影子，已吻上你额头
在那座失语的荒村里，生你的没管过你
孩子　最无辜的　只有你

和你在金色的沙滩走一走，哦~
直到所有曾经都熄灭了也不停留
你曾经挣扎呼救，所有把手揣进裤兜
走到生与死的尽头，倒在被拯救的门口

2

你那无邪小心思，被撕得粉身碎骨
那偶遇幸福的幻觉，陪你走到尽头
在那座的沉默小村里，我从未听见你
孩子　在呼救的　只有你

才刚在人生的边缘走一走，哦~
却见整个世界都熄灭了也不停留
你向着周遭呼救，世界把手揣进裤兜
走到被拯救的尽头，立在生与死的门口

3

和我在象征的港口走一走，哦~
直到所有能够都熄灭了也无可挽留
和你在跳动的心口走一走，哦~
直到所有希望都熄灭了也不肯放手

2019. 7. 13 泪目并书

操场

像个煎惯牛排的平底锅
天生带肉香
整齐的队列、杂乱的奔跑
蹦跶的皮球和
也许会有的广场舞
十六个宽窄不一的寒暑
此处越踩越平，越踏越薄

总是口令威严，日常队列整齐
跑道越踩越薄
直到一纸诉状
让它变得硌脚

灵魂上行，硌得生疼

阴影里立得笔直
在阳光下迅速逃走
这操场跑上去硌脚
让我们忘记它吧
让我们忽略它吧

2019. 6. 28

雨格

我有一卷书
轻浅的天为纸
想写在雨划出的格子里

潦草的雨格
适合放端正的字迹

字里行间从风穿过

2019. 6. 8

西湖也有日出落

1

一缕熹微的晨光
同时，横过天穹和水面
站上荷花叶尖
低垂的云层略略透明

晨光如墨
将昨夜神秘与今日期待
写在
西泠桥前

2

快了，金红曙色已贯彻天穹
并在湖上映射出回响
注定将绚烂如歌的一天，快了

宁静得嘹亮
壮丽得清秀
擅长
把每一个日子过得精彩
西子浓淡相宜

3

铜钟般金声环绕
这漫漫暮色有话要说
水与天一样响亮，不一样对称
黝黑的塔尖分割晨昏

这幅画，撕入夜深处，绽放宁静
烟花不剪如歌
缓流叩门，早潮隔岸
听见大半个城醒了

细细莲叶
画上标点或者音符

2019. 6. 3

光明可遇不可求

对岸，流火金球跃上人家屋顶
余晖渡江，站上西城额角
旋即，一栋一栋楼打开灯窗
巨烛照夜，可街还是黑了
亿万盏灯以及万亿颗星，追不上天边那缕
渐收的明亮。所以
昼夜，两分阴阳

远方幽暗深处，烟花瞬现、即逝
更远方，大地背面
日心正连续核变，亘古未熄
不敢想象这焚天巨焰灭烬那一刻
那刻，纵使点燃所有灯炬、森林甚或地球
都无济于事

想到日烬的那天，纵使很远仍足够绝望
全部文明史，只够让宇宙某个角落
亮一个瞬间

想起母亲熄灭了，父亲正风中忽闪
我独坐江边，细嚼鲈鱼慢品，咽下紧致的鲜美

记住那味道，然后忘却

2019. 5. 2

半透明的江南

这阕关于水的叙事
深没运河，有温度的片断
已经靠岸。被传统打湿的想象力
至少有一半透明
另一半微醺

小满窗棂。雾藏起风
清澈的玻璃琴键
敲响
玉的声音

与每一方格子艳遇
被一不小心写满
由地心汩汩涌出的日子
听见
半个梦
半个江南

2019. 1. 9

茵莱湖和卡古塔林

落叶如白鸟，斜飞掠过跳猫寺前
风中舞出风景，是生长

梵铃如落叶，在卡古塔林中回荡
赤足踩去硌疼你，是时光

白鸟如梵铃，茵莱湖波间上下
佛性自在神意天然，是它

渔人单脚独立船头，如白鸟
满是一网，空也是一网

2019. 2. 25

蒲甘落日

他们种了所有的树，疏朗，但满布大地
也种了全部的塔，红土中长出红砖塔身，满布
　大地

夕阳塔树，细长的阴影在灰红色雾霭中疾驶
一万座塔一万个样子，一万个样子各个相似

他们种下所有的塔，红土地长出信仰
看得见的历史，写在道路两旁

而看不见的手，已敲下回车
蒲甘的晨昏，定格

鸟，啼如风铃叮咚。清脆，抛散在晴空

神那！阳光下细尘微动，整个世界屏住呼吸
是的，达玛央吉的砖缝已经对齐
真实不虚

2019. 2. 26

伊洛瓦底江

不想打鱼，只为风景起锚
暗涌生白，荒水溢出苇岸
飞鸟和她们，和我同船

远山，如马达声隆起的脊背
齐赴江心的浅影轻晃
伊洛瓦底由心底漫过眼眶

一饮而尽的
夕阳，和杯中酒同色

2019. 3. 8

现代建筑运动让形式服从功用，宣告装饰为罪恶，解放了建筑学，也消灭了历史感和厚重，迈向轻盈和透明。

建筑开始远离信仰，彷徨于速度与效率之间，并时刻准备向科学真理和算法威权屈膝，人，被挤压到角落，意义被消解。

时尚、前卫、速食和碎片，构成空间的基调。并且，不再关心永恒。

大学，或者是人文主义最后的支撑。作为知识的容器，和长成的终点，冰冷的钢、粗粝的砖、透明的玻璃、木、竹、石……不是全部，空间和表皮也不是结束，句法和语气重新被关注，细节被复魅，阳光和阴影被雕刻，诗意被复活，建筑在回归日常生活后再次被超越，时间重新成为主角。

静谧处，哲思匠运，意义诞生了。

2019. 3. 12

无题

嗨！道路
你很得意吧，道路。从远方
把我带到此地、此时、此刻

2019. 3. 30

嘱咐

一夜未熄暖色灯下
乌蛴译某种淡紫的黎明

红方盒里白小盒
橱里两只盒拿一只

未来隐在高墙背后
等你推门才见

2019. 11

墙

1

竖起这道墙
就无所谓
冲决而出的突围
越过去，只是另一侧墙内

这一边光明礼赞
和背面之阴影咒怨
都是对墙的
莫大恭维

2

墙，有内而无外
绵延足够长
就能提供错觉
这个世界看起来
就会像有远方

3

墙两边。同日当空
同一脉地河暗涌
呼吸与风雨自由逾越
墙身
只挡得住一个小小视角

别把这个小视角
当成全世界

4

伤口
隆起在皮肤上
曾流血处
痂结一道墙
溃与脓
墙根深埋

待痊愈
轻轻撕落

2019. 11. 12 赴豫道中

又一

又一百年，我再见那树，没了那人
又一千年，我重登此山，没了那树
又一万年，再出发时，眼前天旷水远
又一亿年，我重临此星，山水已枯
……
若干个万亿年没入黑暗
身后，我的彗尾已淡
眼前星尘尽散
深空孤途

2019. 11. 6

香樟

风藏不住清冽、幽暗的香时
我晓得又到了五月
湖上轧满觅景的过客
小巷边冷落了最好的一隅

参差旁逸的繁枝遮住高墙
铺地是暗红色落叶
细到看不见的花和嫩绿
为每一个初夏轻吟

无言永驻，无限成长
突出于逝者如斯的地平线
借苍劲虬曲的剪影装饰遗忘
年轮仅以宽窄概括历史
数围合抱的主干，大到空心

在遗世独立的粗粝边缘溢出沉香
一树阔叶昨夜更新

2019.8.29 回忆初夏时

66 西溪河下 99

尘埃落定

那场对袭，核弹引爆核弹引爆核弹

之后
天深黑
格外清澈
失散多年的星空
重现璀璨

那个所谓末日
只属于人类

他们能毁灭的
也只有自己

2019.9

爱情倒映水中

倒映水中的天地，风起时
会摇晃。正如我深藏肺腑的呼吸
看到你，会波动
涟漪荡到岸边，你出现
天亮了

2019. 12. 21

诗与酒

诗，将文字分行、分段
缝隙间，置入不可言说的领悟
让呼吸和视线相遇
不可思议

酒也是。九成，经唇齿喉胃胆和肝
走肾化为浊水。剩半分
由胸口洇开，渗入满身裂口
将酡然，假作治愈

2019. 12. 2 改

和老帕《狼肉还在路上》

狼肉还在路上，羊群
淡出鸟来
口中嚼之无味
草根开始骚动

晓明说
狼肉还在路上。老帕讲
诗已提前抵达
掀起，这场狂欢
迅速高潮。你看
我们这羊群

最擅长，在时代的肉缝中
读出
浪漫主义
并只靠想象力，活着

2019. 11. 22

给世界系上鞋带吧

1

给酒杯和酒杯系上鞋带吧
给台灯和光线也系上
还有那只蝾螈，以及眼底一万头蚊子
给鼠标打个结，别叫它拖在桌面
带他们出街，沿着盲道
滑下缘石坡道
随刹车的尖啸，飞起
看看系上鞋带的世界
和光脚的区别

然后，成为过来人

2

你抓不住那个系鞋带的女子
她选择去旅行
把自己推送给远方

登临永恒的高原
放牧美丽
她解下的鞋带细鞭飞扬

学会奔跑的羁绊
绑不住任何人

2019. 12

起立，摇滚乐的鼓噪摇晃大海

浮出，如丝般顺滑的闪亮表面
目送，亿万尾精灵扑向列岛以南

空着，土烧酒燃风熄烬的枥木船舱
怀念，自由啸嗷追逐洋流的歌者
怀念，额发间父亲温暖的糙砺手掌
怀念，永留昨夜的丰盛渔获
目击，搁浅于今晨的片羽金光

狩猎的罟噪震碎石耳
琴的诉言拨响鳞纹

2019. 11. 27

黄鱼石首，颅内左右侧有耳石各一，春秋两季交配期“咕咕”叫喊终日不竭，捕者多循声而渔。传明嘉靖间潮汕创敲罟捕捞法，敲竹震鱼致昏，无论老幼一网而尽，后其法遍传沿海，滥捕无度。至 1974 年汛期，舟山渔场黄鱼产量创历史新高，东海为之一空，从此金鳞绝迹于野。

唐李白《古风》诗云：“希圣如有立，绝笔于获麟。”《公羊传》曰：“吾道穷矣。”西狩获麟，夫子绝笔；东狩获鳞，或同慨焉。

酒伺魂

酒，伺魂而噬。并
由侍者，将剩下那堆软泥
混毛，扔出门外

2019. 12. 1

村里城里

村里，我是熟人，我是安全的
熟悉会保证，我不迷路
但一举一动无所遁形

城里，我是路人，我也是安全的
陌生会收留我的个性
因为透明，我不受攻击

城里、村里，各有各的危险
各有各的隐秘，各有各的
距离，和目的

在万物前屏息静立
我不怕人间

2019. 12. 21

失重

1

生而为人
是慢动作由半空
坠落的过程

2

摔成齑粉前
失措又失重的孤旅
凭空设立坐标，为这条性命
找寻方向

3

一千个人，一千种坐标
十万个方向。人们分享坐标
相互定位。画出此界纷繁
画出此生绚烂，在坠地前画出意义
对抗虚无

4

折戟大地之上
纹理展开
层叠，或竖立成碑
还是天的模样

2019. 12. 21

听阿炳原奏

得听原声
单线、喑哑、讲述的音轨
从市井传出，旋律萧散随意
又粘连不舍，声气钝涩
处处沾着油垢，却超越此后所有
各色演绎

全错了——那些过于流畅的悲恸
不够诚恳

必须去听那轮阿炳自己的月
二泉中沥出挂杯的稠度
听活着的重量
听生的烦闷
听见，最深切的悲恸竟藏在
戏谑的节奏里
明白，笑靥下的泪
知道，何以悲欣交集

所谓情深一往不复
不是最终底色
应当听一听阿炳原奏
去发现这个乐器的勇敢和厚度
去懂二胡的“二”：

那份神经质、奇异、欢脱的
不放弃，才是你心
碎裂的声音

2019. 12. 13

叙素——『噬己翼以驭己心』

或烘，或烤，或煮，或烹
万物终结于岭南的胃
或荤或素一念间
植物凶猛，动物呆萌，万物平等
牛肉羊肉，虎草豹草
荤素终化一口食
管生、管长、管瘦、管胖
不管想

追奔逐走，掠食者迷失天涯
植命者匍匐在地
没有远方则无所谓家乡
故事里也没思念
餐风咽日啃土
并滋养众生

叙素，谈荤，讲真
菜根淡
野狐禅
姑妄言之
荤素无非一条命
会生，会长，会老，会死

据说会复活，如赫尔墨斯之鸟
噬己，驭魂

2019. 12. 26

完整不完整

这一辈子
会遇见想喜欢的人，是
幸福的
会遇见要讨厌的那些个，也
该接受
会遇见喜欢你的，是
你所应得
会遇见讨厌你的，仍然
是你的本分

这个世界很大
大到你伸出双手，拥抱不下
完整的全部
但发生的一切，都有充足的理由去懂
喜欢你喜欢的
痛恨你的痛恨

这个世界不完整
因为，这是整个世界

2020. 1

观《三岔口》忽有所感

像是悟道之境
是情绪深处飘过性灵
并以此为支点，一刀斩落
破开心灵

他负手而立，深刻注视
你碎步退向红毯边缘
或者，就这般结束
这场表演

掌声还在厅中酝酿
屏息未散
目光还汇在射灯亮处
等待更多

2020. 1. 6

沙漏三题

沙漏

细沙一点点流下，落尽
然后翻转、重启。如是反复
标定时间，借以参与永恒

人生好像不行

重要的姿势

很少有目光，会下溯三十三亿年
借渐冻的光线
在行星表面搜寻人脸
万物终亡

嵌入岩浆的化石
深埋塌陷的遗迹
还有：铀
下溯三十三亿年
有且只有这三种证据
能识辨，曾经有过的史前

化石记录生命曾在
遗迹保留刻度
铀，叙述文明深入微观的尺度

没有文字，没有声音，没有故事
唯余碎骨抛散星球
恐龙遗落在人间的方式
人也同样遗落在时间

某种刺破时光的坚硬
不是恐龙交配时若有若无的爱情
而是其化石
不是文明，而是文明的骨殖
所以，预言被逆转
性灵和呼吸易随风逝
言语和生命终有尽时
无灵魂的躯壳反而不朽

重点
是举起手，给世界留下
咬紧的牙齿，坚定的姿势

蝙蝠城市

曾在黄昏天穹上下翻飞
蝙蝠去哪了？
蚊子仍虐遍今夏
月躲在 LED 灯后尾
隐隐约约。树篱间等爱的野猫
越来越多，鼠也没见少
蟑螂沉没在每块砖背面
城市已不单属于人类

家养的猫狗除外
时刻轰鸣的街巷，对
专属于都市的物种而言
就是禽飞兽走的旷野

但，暮色中上下翻飞，那夜的
捕手去哪儿了？

2019. 12. 21

读王自亮

1

诗的语言
冬云般凝练，流淌似歌，大漠致远
在天地间跌宕，如呼若吸，猛然惊觉
击打你，灼烧你，在远方等你。
王自亮修辞学，像在证明：
道生一，一生二，二生三，三生万物
汉语言那种传统叫作对偶
成双成对就已足够完美
但在这里不够

2

夫子的语言隽永
庄子的语言汪洋恣肆
孟子的语言雄辩
雄辩似乎就等于排比
但此时此地不是
是三词并陈，三生万物

没那么漫长、迂回和顿挫
但一样丰满
没那么叮叮当当，挂满勋章
但一样生动挥洒
不是排比，但同样是说服的新方式

3

超越于对偶的三

看起来成众的三
不简单的三
不是并列，不是枚举，也不是多

诗，是你想象没到过的地方
是古罗马的马刺、随鞭而分的红海、海伦的乳房
是李白的杜甫、咳血的杜鹃、龚定庵的奔放
也是愚鲁而迅猛、城围内外和安娜
是貌似不一而足的综合
奇特的逻辑
烟花纷呈的意象

4

心等待大海的澎湃
尔来汹涌
在风中盛开
三比对偶只多一
诗却阐释着更多
更宽厚和深远
这是崭新的体验
丰收而沉甸甸的修辞学

5

一只蝴蝶在巴西轻拍翅膀，可以
扇起得克萨斯州的那场龙卷风
一生二，二生三，三生万物
诗的语言，是永年汹涌、芬芳、无忌的时空

你选择，你坚持，你也在叩问。

2017. 2. 8

无题

一个世代的浪掷
幸存的机智
周遭的风让心掩鼻
以至于梦和咸鱼闻起来一致
此在比朝霞更陈腐
沿途满插本不存在的旗帜

沉默处冬云一怒
大雪唯识

划船去看你

兰卡威的酒店大堂

远行，穿越兰卡威清澈的山与海
我其实更喜欢酒店的露天大堂
叫它大堂不一定准确
我还从未在别处见过类似的所在
它其实是个院子，大敞棚立在中央

吧台上绘满透明的影子，后半是厨房
台前长凳短凳排排坐
拼起来时，桌子们有短有长

碎石铺满小院，左左右右
卧着好几张木榻
自带凉棚，还悬着吊床

露天的白瓷浴缸，大大小小
就这么嵌在地上
放满水，涉过兰卡威白色的沙滩
我还爱酒店的这个大堂
都说要来泡泡。穿上比基尼
或干脆脱光

也就是一说。客房围着
被海打湿的人和衣服都晾着
猫安静地穿过院子，月圆时
那一对瞳仁也圆

远行，远到沙滩消失
海开始处，独木舟是你的自由
越过洋流时，小伙伴是你的勇气

驾舟，从四面八方访问

红树林簇拥的那九十九个岛屿
然后再回到酒店的露天大堂
个个三三两两围坐，如风中盘旋的鹰
认识的不认识的，或坐或躺
喝酒，品茶，看书，闲聊，抽烟……
还可以做饭
还有爱被人抚摸的鹦鹉，和
披着薄纱拍照的姑娘

看海回来的说海，看山回来的说山
在七仙井瀑布滑水，到马进丈峰顶眺望
摩托车靠左行，最拉风是白色皮卡的后厢
小心抢零食的猴子，心念远空高傲的栗鸢
老板有一闺女三儿，厨房有嫩煎蛋
阿明藏了好多酒，几块钱的小鱼
才是最奢侈的菜
多吃点咖喱味的海鲜，把自己晒得黑些
带不走沙滩可以带走阳光

我爱兰卡威的这个酒店大堂
它是个院子，大敞棚立在中央
院里处处秋千，提醒您别急
兰卡威
主题是悠闲，其次才轮到风光

2017.1.15 于马来兰卡威

这座城全部浪漫，都在桨上

1

我失去的这座城
每天在修路
岁月悬荡在挖填之间
未来总归未来

无止境的拥堵和等待
让我看不见时光

2

时光局促
车跟车堵在路上
人挨人挤在街前
店一家家连着，要开到天边

这座城，兴奋着聚集着
拥挤在繁华里

爱这座城，让我没时间独处
红尘眼看淹过屋檐
心一刻不停，每天像过年

年年不朽，而我易逝

3

易逝是城的脸，背身是河
河上没啥人。零星几尾鱼，和钓鱼的

有多长久，我忘了这是水乡之都
河道纵横阡陌，织里舟巷
橹，欸乃于河上，集市沿两岸展开
船曾可以抵达任何角落
——那挥之不去的繁荣
于今只剩深彻的水，倒映着天

舟楫不绝的河道，已转身为城市的背面
回忆若隐若现，像虚怀中的时间

时间不朽，而我易老

4

趁还未老
在这座城的背面，我悄悄放下船
沿着那被遗忘的故道，我重新认识了她

左右交替的桨，揖拜这河上之城
清冷被一下又一下划破
桨和影交替，悲和喜都是她

竟有只翠鸟贴水面掠过
令人心碎的亮蓝色，倒叙繁华

我失去了这座城
我悄悄放下船
老船不朽，而我易伤

5

伤感不是这座城的标签

阳光温暖了波平如镜的河面
鱼和鸟沿两岸游戏，在这冷清背后
照见别样生机
我和船，迷失于这个城中的他乡

荡孤舟，我重新造访这座城
一桨接一桨，划船
去你家

6

家枕河边，可你却只在街上挤
用数不清的今天挤开明天
将这座城的背面，留给鱼和鸟作天堂

自由振翅，自在扑翼
亮出各色羽翮。惊鸿照影
桥下的春波又绿
老去的垂柳已不吹棉

高楼的背影里冷风总在
船和我，重构整座城

7

重构。梦回
多少年。我失忆在此生他乡
河网织就整座城

我悄悄放下船
一桨接一桨
老木不朽，而我易冷

向拉桨的手呵一口热气
我绕过这座城的背面
像绕过往日时光
将这座城全部温暖，挂向桨端

划船去看你

2016. 2. 9

五一

这个五一我选择宅家里
酣睡到起床

然后把房间和自己洗得干干净净
到处都芬芳

所有人去旅行我只想发呆
泡一壶茶喝

书停在翻开那页
现在我不忙

此时此刻，留在苍茫里多好

烟墩角，尚有残雪
海边下起了雨
人走了
海滩留给了天鹅

这白鸟，互相追逐着
喊着，一直在喊着
哦！哦！哦！哦！哦……

此处有雨
雨留给了苍茫
苍茫留给了天鹅

这豪雨中的沙滩
苍茫是最辽阔的冷
而最高冷的却是啸声

这优雅的白鸟
如晴日残留的一翼
在豪雨中洁白
闪烁

下雨了
人也走了
海留给了雨
雨留给了苍茫
苍茫留给了天鹅

其实不该走的
留在苍茫里多好
当风如割，海如诉，白鸟如歌

当所有的白鸟排队练习起飞
当啸声如雨，当烟墩角
天……我……鸟……

此时此刻
留在苍茫里多好

2016. 2. 11 于荣成烟墩角，2016. 3. 2 改

富春江三题

自行车少年乘风而去，乘舟而返
空气里空留飞扬的汗水与青春
两岸没找到语文课本里那种惊艳
知识青年沿岸叩击旧屋的门扉，乘舟而返
两岸山影遮不住平淡

我始终保持敬畏
这一江浩大的清澈
又本能地亲近
想去全身心浸润

不是鱼也不是水鸟
不是晨雾也不是暮霭
甚至不是也不是孤舟
是无限流逝的过程

1

黄公望
如果有一天我食不果腹
应该会点燃富春山居图
俯身吸入那上升的青烟

2

东梓关
两三间旧屋
一个旧塘

3

桐洲岛
听说是浮岛
没有根基，但也不会淹没
踩在岛上，觉得有江流
从脚底暗涌而过

握江——访富春山水

探手入江
细泡轻旋轻散，清冽譬如雪碧
能摸得到的轻甜

吞吐间，沿掌缘汩汩轻语
分水而去

触手有鱼
来自水面下的试探
像轻吻或者嬉戏

信手千年
少年此渡南洋，黄伞油纸
彼岸仍旧元思，隔江还是大痴
水底，若隐若现的白石上
谁是谁的影子

谁在听天地妩媚
有鸟鸣，有水咽，有人谈

伸手握江
老友般契阔或者阑珊
攥紧都只是空拳，松掌处
满把云峰皴皴。细读
水的根系不断分岔，深入群山

2017. 6. 3

告别

一

见，日西坠
双掬满盈
握紧却自成空
明亮从指缝溢出
无意间，高光在手背
莫名温暖

我将双臂伸向你
虚怀成抱

不解释
此前的告别，足慰平生

二

在一日之晨之计
搬好很多事要去做
所有人在等
但你不再来

三

那天的阳光明艳
曾经的言笑晏晏
书页的折角未卷
已知的疑惑待解
丰满的故事仍在
相熟的醒悟酽酽

别给我任何机会
他在等，你不再来

2018. 3. 15

咏物二题·仙人掌的刺痛

幸存于虚伪与干涸
满身仇恨绝望的尖刺
拥抱不是相互取暖
拥抱等于相互刺伤

多肉多汁藏于多棘的盔甲
勤奋生长只为让周遭枯萎
在荒芜中短兵相接
任阳光对生命投毒

这世界有最明确的未来
未来还是沙漠
黄金般辉煌煊赫
却是最宏大的空洞

让我们怀念水
让我们怀念水

2014. 12. 20

咏物二题·泥沼

曾面对最干渴的自己
仍葆有一分希冀
却在遍地是水的地方
陷入更深沉的绝望

自那天一踏进这片沼泽
就陷入持久徒劳的跋涉
但无论挣扎或干脆沉沦
结局都并没什么区分

仿佛从来无定形迹
却意外地顽固不移
万紫千红也只混成一种
这大地混浊的眼睛、油垢的妆容

广袤而辽远却全无一丝豪迈
拒绝高耸与深邃把一切抹排
对所有正直的生长说不
让所有此在的生命匍匐

摇落繁茂新鲜的花絮
纠缠腐朽脏污的根须
吞没经过的一切
构陷最活泼的那些

收藏最浅薄的渊深
收割最污浊的单纯
空虚被伪装成秘密
起伏被想象为奇迹

厚重拙朴被深葬

轻浮油滑者上扬
骏马无力奔驰于此懦软蛇蝎却能
鱼鸟无法翔游于此浓腥虫蚓却能

含混包容什么都不缺
应有尽有却独少灵觉
这醯醢渊薮早已蒸酿成酒
这泥泞已然不朽

在遍地是水的地方
陷入更沉重的虚妄
我渴，想重启这世界
我怀念水

2015. 3. 20

德令哈

在诗的高原上有一站叫作德令哈
那里有一片叫作姐姐的灯火
和一种名为无际的方向
那里常有风瞬息往来
或过眼无踪，或石刊细浪
黄云阑珊处，人物苍茫

想象力的地图，由诗开启了
一个地标，叫作德令哈，来标识
天地间无处可逃的自由
和夜色匆忙
细石和细石板结，以脆薄的硬壳
怀念多年前那一场细雨
黑色如旭日般响亮

在诗的高线上有一站叫作德令哈
那里有人迹罕至的灯火
和叫作姐姐的方向

那里人物阑珊，星河明灭
像是另一个平行世界
停在此站是偶然
今夜，我靠近德令哈

居延海

居延海，广大而浅薄的一汪平摊的流体，漂移不定的荒原
荒漠，匈奴的，汉人的，苏武的，党项人李元昊的，蒙古的
黑河的尾闾湖，日出的居延海，流沙的，老子的，土尔扈特人的

居延海啊居延海，你是日出的海子
弱水入注的海子，是流离从无定形的明亮
居延海啊居延海，你浩瀚而又清浅
随风铺淌成一片脆薄的琉璃，漂浮于荒野
居延海啊居延海，你向西漫过流沙
听见紫色叩响函谷关，得知青牛东来

你是生境，贫瘠中的富饶
始终是鲤鱼、鲫鱼、大头鱼和草鱼的
也是天鹅、大雁、鹤、水鸭的
是农垦者的粮仓，也是游牧者的草场

这很少见
所以你是十战之地，脆弱的宿命
匈奴、月支、柔然、党项、蒙古，当然还有汉人
原谅我只听说过挥鞭的霍去病
执旌节的苏武、失路的李陵
你是神殿，干涸中的润泽
是老聃最推崇的水，是高处的孔丘，是超越奇境的圣迹
居延海啊居延海

中秋有雨

这个中秋雨一直下，可意外
才是这世界最好的礼物
我醒着却总是像在梦中。我睡时
驰骋于千军万马的视线
万事万物自有他发生的方式
造物的意志
非所能测，却屡有惊喜
我是一个偶然。但必然
出现在你的日常

2016. 9. 15 仲秋的午后，有雨

题剑心《我依然是一抹耀眼的绿色》

多数珍贵只因为稀罕
绿除外
绿不嫌多

人总是看不见他们已拥有的
绿除外
绿永远耀眼

漫野满城终成油腻
绿除外
绿几乎是美本身

跟春天同至，随后绿了江南
可“活在春天以外”的剑心们，也不缺绿
当所有真被揭露为假
当所有热情蜕变成“我不相信”
当荒诞贯彻一生
绿除外
绿几乎是信仰
驰往意义的路上
绿不限行

所以他的语言由沉重变得轻盈
所以他的思虑由沉重变得轻盈
所以他的想象由沉重变得轻盈
像挂满枝头的绿
像离开枝头的绿
是绿在飞
那一抹

夕阳下的柠檬草

酸酸甜甜的味道
那株青黄相溶的柠檬草
细细致致地品尝
深深浅浅的微笑

属于青涩的时段很少
那株青黄相生的柠檬草
很快会褪掉
轻舞飞扬的妖娆

消失于刻意的寻找
那株青黄相接的柠檬草
或消失成参天的乔木
或消失于浓烈的野烧

燃尽然后不老
那株青黄相间的柠檬草
岭上的斜阳返照
辉煌瞬逝于林梢

(不识柠檬草，喜欢此名字。)

林月间的过客

当林间
那般地斑驳摇曳时
天上那轮
只是静静地照着

如果你能看到
我眼中的明亮
必然能看到
天上的月光

当林间
那般地光怪陆离时
天上那轮
只是静静地等着

如果你看到
我心中的明月
必然能知道
为什么阴晴圆缺

2013. 3. 21 南峰夜爬

朝阳下启程

我们都喜欢迎向朝阳
所以免不了面对逆光
其实有时何妨换个方位
让阳光暖暖地照在背上

在身前画出长长的影子
你是否感觉走得特别踏实
所以何妨将太阳留在身后
做一个前路光明的游子

所以游侠们可以坚执自己的理想
但仍然也能选择多一种方向

下次出行让我们喊一声
跟着我，朝阳

2012年岁末的游侠控

值此末世未来的岁末
不经意间
我成了一名游侠控

身为游侠控
浏览所有帖子是最基本的任务
欣赏每张照片是最入迷的消遣
抽空还要评论五花八门的语录

身为游侠控
不一定要参加每次活动
重要的是盯住屏幕
对所有活动保持关注

身为游侠控
多少要置点装备
一双登山手杖，一套冲锋衣裤
跟的是帖，更是游侠们的脚步

身为游侠控
加好友不管认识与否
或者因为某句吐槽
或者因为某个笑容
也许是几分钟热度
也许是一生的守候

值此末日未来的岁末

很惊讶于我
居然成了一个游侠控

(所有意外都不是偶然——游侠语录一则)

MC

以徽杭古道散落的秋叶作为最初的足迹
领着游侠控上路的姑娘名叫 MC
她喜欢微笑而且笑得美丽
她说：驴，你走得可以！
后来才发现那天我的帽子上居然绣着 MC
这样的巧合听起来非常给力
可惜她就此消失在众游侠的喧嚣里
请告诉她有人对她的微笑着迷

(那天戴的帽子买于蒙特卡罗，所以绣着 MC，是赌城的缩写。莫非姑娘是个赌婆?)

奎哥

那天还有个新手名叫奎哥
第一次带队的他面带羞涩
作为游侠控的第一个好友
似乎每次参队他都在身侧
之后见他很活跃也很快乐
之后见证他变成强驴奎哥
之后见他说话仍有点羞涩
我会怀疑那是泡妞保护色

(奎哥不像一名律师，所以他很像一名游侠；奎哥很像一名大律师，所以他很像一名游侠客)

杭州湾

说起来每个人都会相信
杭州湾是游侠成为游侠控的原因
虽然还从未见识过他洪亮的声音
却早就领教了他潮水般的背影
来得很勤也灌得很勤
不放过任何帖子，留下自己的大名
听说他的脚一度伤筋
听说他的脚步重新坚定
作为游侠控心中的榜样
只要在路上，神马都是浮云

（严重怀疑杭州湾是游侠控，而且游侠控是一种传染病）

心灵的驿站

如果游侠没有驿站
他们是否还能登上那座山
如果心灵没有驿站
她是否还是那个疯女孩
因为我是个游侠控
所以喜欢看她去爬山
因为我只是个游侠控
所以不敢跟她去看山
刚开始听说坑姐就是心灵的驿站
差点以为说她惯于设局给少女少男
后来才知道坑对于游侠的意义
后来就学会挖坑把行迹掩埋
如果驿站没有游侠
那又要用什么来装满

如果驿站没有心灵
那又能用什么来替代

（严重怀疑坑姐也是游侠控，而且游侠控是一种传染病）

五岳

游侠控最初不认识五岳
这个名字有点大人物的感觉
仅凭左冷禅留给人的残念
似乎该离他远一点
游侠控至今仍没见过五岳
但已明白他的不可或缺
所以在论坛里游荡的时候
已学会看看他的动静然后才去胡诌海学

（五岳盟主，到底是岳不群还是左冷禅……）

多多

游侠控收了个病人名叫多多
后来才发现她和游侠控本人的病差不多
经过一段时间治疗
医患双方均严重了许多
这才明白对她和对病都了解不多
后来游侠控多了个朋友叫作多多
尽管她语录不少精辟的不多
但这正是游侠控的病状别要求太多
彼此彼此所以会心所以欢乐很多

（多多是无锡的多多，没见过面的好驴友，她的语录很精彩，吐槽是为了押韵，你懂的）

逝川

有个名字游侠控很喜欢
所以经常去临观逝川
她并没时时去爬山
她只是常在感叹
出发时少个伴
谈笑载歌还
随心快慢
你是山
我是
帆

（这里面有两个游侠的名字，谁来认领）

白乌鸦

如果他从山巅盘旋而下
为何你要叫他白乌鸦

晴空万里
蓝得那么深远
是否有荫翳徘徊在云里
是否有将盛开的，藏在云里面

纷飞舞动追随着游侠
人叫它雪，我叫它白乌鸦

（白乌鸦，是游侠控的发小）

游侠控

游侠控是游侠客的结果
游侠客是游侠控的原因

你可以去得很远
你也可以来得很勤
你可以奔放不羁
你也可以如履薄冰
你可以开怀大笑
你也可以面无表情
你可以秀秀语录
你也可以表表爱心
你可以珍如敝帚
你也可以弃若浮云

无论示爱是羞怯或者勇敢
无论脚步是软弱或者坚定
游侠控是游侠的开始
游侠是游侠控的宿命

清净心

真的都是浮云
把世间一切看轻
如果能相守
懂你是爱的表情

神色总是坚定
天色时雨时晴
向晚的钟声能涤荡的

霞光漫天辉映

游侠是无医的病
掷杖是无语的林
有谁能够知道
青春是无上的酩酊

告白会有我来挺
诉说要有你来听
别藏在心里
笑骂且由人去评

放下是真的平静
忘却是真的安宁
其实她早已明了
留念是清净的心

（清净心老兄，你的诗来了！）

悟空

爬了一辈子
可山还很
高
所以悟远

花了一辈子
可他还很
富
所以悟净

吃了一辈子
可我还是

饿
所以悟空

小青

队走蛇行过断桥
柳芽初成梅香遥
盎然春风动此夜
且从小青约良宵

（蛇年夜爬过湖上，是日暖意袭人梅香暗溢，湖山如画，行人如缀）

小瓢虫的叹息

致 Yian

爱是通往神的道路
时间只不过是注脚
你是最生动而清晰的可能
我会永远等待……

难为情

羞涩是一种值得怀念的品质。

——题记

相思相见知何日，此时此夜难为情
在都市森林里，有一种默契
叫作我不是我，你也不是你
你是爱叹息的小瓢虫
我是在荷塘深处，沉默的鱼

在朋友面前，有一种默契叫作
你不提我，我也不提你
在偶遇的街头，有一种默契叫作
你不认识我，我也不认识你

在无言的对视中，有一种默契叫作
你没看见我，我也没看见你
在擦肩而过时，有一种默契叫作
你不理我，我也不理你

在聊天的网上，有一种默契叫作
你不@我，我也不@你
在孤独的夜里，有一种默契叫作
你没想我，我也没想你

在羞涩的世界里，有一种默契叫作
你没发现我，我也没发现你
你没发现我留在那边
我也没发现你等在这里
兼葭苍苍，白露为霜，所谓伊人，在水一方。溯洄从之，道阻且长，溯游从之，宛在水中央。

66 西溪河下 99

关荷花

荷花的故事
夏天会对我说
从立夏讲起
直到立秋

夏天的故事
荷花会告诉我
每年讲一点
从未听完全部

2014. 5. 5

春的雪

是有多干渴
被无限放大的一场雪
虽然还未曾化
却注定冻结不了时间

爱上她今春变得简单
我会在最透明的地方等你
空气中响彻听不见的呐喊
你知道是雪的声音

2014. 2. 13

诸永道

影摇曳天却映不出风
山浓浓淡淡开谢了花
渐渐忘记了旧年的雪
阴晴未定看东山的月
恋恋江南
映照时光的是雨

2013. 5. 16

江向晚

如果某天
我一人在江边
你别在意
古渡是晚霞返照的山高水远

如果某天
你仍然那么坚决
谁会知道
古渡是我一个人向前

如果某天
谁都未曾发现
小舟未系
古渡在夕阳挽手的云间

2013. 5. 4

失所季

总有个地方每天是春天
要不然你学着候鸟去迁徙
也能永远把自己放在春天里
但没有四季的人生
是幸福还是残忍
这是个问题

有好有坏
有得有失
万物从来如此
你能做的
要么随缘，要么随心
无它

2013. 10. 7

小瓢虫的叹息

1

小瓢虫的叹息是粉红色的

终日在细叶飘飘的草森林里游荡
一路留下轻快的脚印
风留她不住，雨留她不住
她只在有趣的地方驻足
如果有趣能到达某种程度
小瓢虫就会禁不住叹息

小瓢虫很珍惜她的叹息
因为每天只能叹三次
妈妈说，这叫一唱三叹

2

小瓢虫的叹息是粉红色的
因为她的衣裳是大红色的
她每叹一次，红衣裳就会变淡些
妈妈叮咛说一天只能叹三回
若是叹了第四回
红衣裳就会变成白衣裳
而且永远变不回来啦
小瓢虫很爱她的大红衣裳
所以也很珍惜她的叹息

小瓢虫的叹息是粉红色的
这在细叶森林里面不算秘密
作为一只多情的小瓢虫

她总觉得每天一唱三叹不够用
在细叶飘飘的草森林里游荡
她每天都有超额的冲动
她又是理智的小瓢虫
一直还能忍住

小瓢虫格外珍惜她的叹息
每次都叹得格外慎重
细叶森林里的居民都知道这粉色的呼吸
都惊艳也喜欢。
大家公认，这是林中一绝，叹为观止。

3

小瓢虫不睡懒觉的
她每天早早起床，早早出门
沿着既定的路线，穿越整个细叶森林
她可不是贪玩，她是有任务的

清晨时，天已经大亮
而太阳却还没露面
细叶森林的叶尖，挂满晶莹剔透的小水珠
它们在凉爽的晨风中闪闪烁烁
互相映照。那是夜风的手泽

小瓢虫每日的晨课，就是将那些明亮摇落。
朝露易晞，书上这样说
稍微迟一点，这些露珠就不见了
所以小瓢虫一路飞快。

4

她一路走，一路摇

在清晨粉绿色的草毯上
留下一条蜿蜒伸展的深绿线条
她一路摇，一路走
线条逐渐被织成了纹样
慢慢向四周铺展
她摇一路，走一路
纹理越来越繁密
越来越像一块精致的绿色织锦

小瓢虫摇摇走走
最后来到了细叶森林中央的高地
她浑身沾满了露水，于是
昨夜因为叹息已有些暗淡的大红衣裳
现在重新变得鲜艳而闪亮

神奇的露珠！你看
就算是为了她的红衣裳
就算是为了一唱三叹
就算是为了每天的粉色呼吸
这个例行的晨课也很有必要
小瓢虫一直这样告诉自己。

5

细叶森林真大
小瓢虫从草尖上俯瞰着森林的全景
心里满是高兴
望着绿茵茵的草毯
看看身上鲜艳的红衣裳
小瓢虫总觉得心里有种怪痒痒的喜悦。

哎，这是干吗呢！

小瓢虫终于忍不住发出了她当天的第一声叹息
粉色氤氲，弥散在清晨的细叶森林中
叹息声细不可闻
细叶森林却像嗡的一下子醒来似的
众居民们仿佛都在等待那一刻
相视一笑，互致问候——然后开始各自忙碌的一天。
该干吗干吗！

随着那一声细微却又清亮的叹息
清晨的蓝调子里渗进了一抹粉色。
太阳也升起来了

2010

意外的白鸟

握手

外面冷，屋子里也冷
阳光的明媚也冷
也没什么风，听说要来的雪尚远
一味天冷

又见面了，这次
终于可以给你最冰冷的寒暄
一只橘子如何？红的

手就不握了吧，就下盘棋
趁着手冷

2016.1.19 华家池

握手（2）

领——握手感
把握手——法
持——握手笔
司握手——诀
提——握手牌
盈握手——气
紧握——手头
吐握——手足
在握——手尾
绾握手巾
拳握手本
掌握手机
卷握手稿
秉握手令
部握手批

在各种可能的动机中，握手
看来只隔一个标点的距离
在各自平行的世界里，标点
始终是最远的割据

2016. 1. 24 凌晨

握手（3）

当你要伸手　　握
你要伸手　　握紧
要伸手　　握紧她
伸手　　握紧她的
手　　握紧她的手
她手越握紧　　你
手越握紧　　你手
越握紧　　你手握
握紧你手握空
紧你手握空空

是留在记忆中的一握，手
缓慢举起
他说没什么把握，手
不舍得放弃
没谁能摆脱命运掌握，手
越攥紧越空寂
显然早有人智珠在握，手
骄傲地背起
多年后一切历历在握，手
学会了拿捏轻重
市侩又谁能逃脱掌握，手
攥紧才明白空寂

多年以后，手
没放下过

2016. 1. 25

读刘翔《握手》速写体感

果然细密，一切如你所愿
真实得如同梦见
温厚得如在涌现
所以是永远注入中的
明亮，如辽阔冰原已释然而决
再等待也不过是跃上
驯鹿肩头的驰骋
不过是燃烧于深眸的瞬间

仍然细密
一切如你所愿
紧紧系在，两峰悬崖上
被宿命的流弹击中
幸福也只是
以手感为盎司计量的
一颗钻石

2016. 2. 1 夜于北回归线群

不共戴天

如能瞬移
我头顶就不仅这片天
不会迷失于偶遇的阳光雨露
可以晴雨同沐
可以悲欣交集
可以丰厚

如果能不移
我就能不仅经历这一个世界
不会窃喜于日常的领悟
可以永在此岸
可以目光炯炯
可以真实

可世界还在风里
时间仍旧锋利
青空依然深湛，等待被刺破
被那朵摇摇晃晃的野菊

不周山怒触
共工挥槊成雨
戴胜的冠羽已折
天已渐渐西倾北倾

在，或不在
与思想狭路相逢
和天地割袍断义
山已将路刻在崖上
疏林间阳光堆叠
明灭多年

2017. 2. 25

纸醉金迷

“有一小室，窗牖焕明，器皆金饰，纸光莹白，金彩夺目。所亲见之，归语人曰：‘此室暂憩，令人金迷纸醉。’”

——（宋）陶穀《清异录·居室》

纸。舔出分岔
金舌忽闪

吮吸薄如命的誓约
引燃上升的性灵
吞噬罪与纯洁
入从前的迷
醒之后的醉

多数是徒劳

2017. 3. 9

偶遇

1

湿漉漉的城市，骑廊跨过风雨
廊前灯下，几爿小店
店员多半就是店主，有面生有面熟
纸笔盒伞、油盐酱醋、烟酒瓜果……
随时可以去推门
杂货和日子和城市每天相似
只有老板和招牌偶尔在换
重复到凝固的街头只剩一种生动
——去偶遇小店们开张关张

汗津津的城市，挤在电梯里面面相觑
快递小哥、投资中介、保洁大妈……
空气保持沉默，是陌生也是自在
村里才都是熟人
城里厢随时随刻的邂逅不构成意义
偶遇碎在街头。
数据堆入云端
房价漫过屋脊

兴冲冲的城市昼夜不停
既无人关心前方的际遇
更没谁在乎曾经的轨迹

2

应该是某年午后，阳光转过墙根
照亮老街新开的店招：踏雪寻梅书屋
那个瞬间成全了少年时的梦：

家住到书店楼上，可以随时去流连
可惜开开谢谢才是真的四季
这座兴冲冲的城市，不舍而去
但愿它记得，曾与书偶遇
一次短暂驻足，用纸页卷起的微风
轻吹眼睫，掸落不存在的灰尘

2017. 3. 13

瓦罐

啥都没装就满了
就如万事万物并没真的
在门背后挤着
趁灯色尚晴去抓蛐蛐
或者，去通知所有石头
圆的、方的、扁的、尖的、长的……
“你被捕了，你可以保持沉默”
或者说点呈堂证供
面如土色

估计它有点被吓到
还没出声就碎了

2017. 3. 17

瓦罐在生气

挪用邹宴诗稿中“瓦罐在生气”一句。

不习惯精确到看不见的热力
怀念柴灶上随火舌自如舔咂的呼吸
电磁炉也能煮食——瓦罐在生气
手忙脚乱的小两口，和刀口参差的肉丁
一饮一啄都不合乡下的规矩
豆腐这么切注定要煮碎，瓦罐在腹诽
撑着一肚子不明所以的食材
翻腾的咕噜声略带呜咽，瓦罐吐了

明晃晃的镜前还贴着大红喜字
街头传来刺耳的刹车声
奶奶亲手擦洗过瓦罐，粗粝表面有闪光
也有些积垢。或许这一次
遗忘将大于传承，谁知道呢

2017. 3. 18

方言

——唯之与阿，相去几何，善之与恶，相去何若。人之所畏，不可不畏。

那声腔
如一道篱笆，拦在草地上
将蔓衍的碎花，从繁茂筛成零星
同一道阳光，不一样的阴影
黑蚂蚁穿行其下
芦花鸡隔栏抱窝
两间各有怀抱

而鹞鹰在高空伺机捕猎
没什么差别

千百种问候，
一个意思，迥异的声音
而微笑溢出嘴角

静物的本质是光
光的本质是极速
以每秒30万公里为尺度
你，与你身边绝大多数
都不过是尘土

2017. 4. 17

方言两分世界

方言两分人群
能听懂的，和听不懂的
乡下，鸟兽们向来各说各的
但虎啸，整座森林都懂一点

城里，满大街都在争着说话
风里塞满嗡嗡的噪点
似乎只有那座晨读少女的雕像
懂得沉默。而人们急于表达
未免尴尬，我假装听懂了
那些倾诉
全是自言自语

被锁在自我的躯壳里，永远
操着一个人的语调
方言两分世界：
我，与他人

2017. 4. 12 湄潭

理发师

每一刀都有可能失手。

在他刀剪咔嚓一阵后
你耳根若有风，似空气转凉
仿佛天变了，即将有雨

可天气和剃头无关
就如剃头和生死无关
所以，生死和天气无关

但他握刀站你身后，反复比画
咧嘴微笑：“今天天气，哈哈哈！”

2017.4.28 草于西安—杭州

午后

是午后，不是舞后
都自带慵懒节奏

沏杯茶稍事休息
坐等树影向西

一日里最有温度的时刻
缺乏戏剧性的场合

沿轮廓将逆光
勾勒上曲线妖娆的空床

让春风和思绪以靠枕为对手
用战争宣示温柔

2017. 5. 13

意外的白鸟

意外地，季节交替或薪水涨缩让原本意义晦涩的下班路感性起来，照见，车窗外两只鸟停在半空

一只是白鸟，另一只也是白鸟

这俩货，直愣愣孤悬于万家灯火之外，细黑线上两对脚站成四个字：关你鸟事

十万伏高压线，这对鸟站得互不来电

站成一双却若有所憎、互不理睬，想独自静静偏又二了

此时此刻，这双瞪在城市上空的白眼醒目得格格不入；可也别以为真当能遗世独立：传说中响亮而高蹈的精灵，蓝天的注脚，此时此刻与污浊的大气同构，也就是长了双脚的雾霾

阴郁的雨天，冷漠，嘈杂。两个拙劣的演员，一个笨手笨脚将孤傲扮成孤僻，另一位生生把洁白装成苍白

高处，仿佛永远不打算起飞，缩头收翅，全然一副没长进的样子

背景里倒是别有鸟分飞成群。近处，麻雀吱喳忙碌，散成一篷废纸屑从写字楼落下；另一群鸽子也是，在远空纷纷扬扬被撕成票据的碎片

这个时代对独特性饥渴，却不承认。两只白鸟站着不动，就如街边下水道里，被污泥半淹的两只白色

快餐盒，失路已久

这对背时的孤鸟

会飞，是最大的负累，城市的每一条路都不是为你准备的

是时候返乡了，走吧，展翅翱翔前请深呼吸，这瞬间，大气微颤

有风

2017.3.25

物候新

“七月流火，九月授衣”
先生，您那是过去

七月日长，吹着空调吃西瓜
十月日分，不吹空调吃西瓜
一月日短，吹着空调吃西瓜
四月日分，吃着西瓜吹牛逼

吹着吹着……
先生，您目测胖不胜衣

2018. 5. 18

河流与城

1

水将逝不分昼夜
是河，与城纠缠千年

水托举舟船，和中流逐浪的我
是河，搬来粮食和另一座城的消息

水是墨，风一叩即干
河是危崖下的漏痕，以及，荒原火后
龟甲般的裂纹，泄露
城隐约的命运

城枕河。于上游排泄，下游饮渴
河水只流经过巷间
是岸将城包围。这
一体两面的存在

路过田野时，从未
收纳过这么多故事与灰尘
当大河抵达大城，光泽开始沉重
暗涩波纹拥挤着
撞出不可听闻的闷响
不复远在河源时，林梢跃下
那轻柔明亮

2

那晚，河流绕山而至，由落日晕染
把红巾系上，将入梦的古城襟前

数十秒惊艳随即褪于浑茫
如回不去也挥不去的少年

峰巅，我立身抬手过顶，屈肘回以队礼
口吐胸臆，直面
此河此城

那晚，无数光绕城而下，在水面
层层摇曳金、蓝、绿、白各色绚烂
而河明晃晃地，将满城繁华
一分为二

3

那晚，我的上空，云峦长久起立
墨守已被默认的界碑

2018. 9. 7

抵达另一个世界

是阳光晒出一山嫩芽，指尖扫落柔嫩
黑铁烫制，那一瓣早春，醇和洋溢

炒青，敬畏天命。这勃勃生机等火来认证
熏蒸或者萎凋也只是，另一种辨析

水入杯，此间的透明沸腾
上升，抵达另一个世界，清新奇迹

当你在精心炮制的叶底，细刻整个时节的讯息
那场雨延绵不断，仿佛
呼喊

2017. 4. 5

山行

春雨站上你肩
也润湿远峰的发梢

春雨冷贴我脸
模糊林间的矫健

薄纱还在倾城
摔倒了，青山是否会痛
明年梨花会不会鲜红
四时将与谁迎送

万物并作，是谁在唱歌
谁，在前路经过

2017. 4. 9

以花为墨

初夏小扎送给一起工作的园艺师，也致我的小伙伴。

以花为墨的书写何等奢侈
你淡淡说这是工作，每天的日常
句读间，以生长和凋落为标点
叙述总停在盛开的地方

听听风语，以及水声，或者虫鸣
你是自然最优雅的翻译
以花为墨的书写足够奢侈
显然无须更多修饰，已经很美

我把每寸院子都交给你
自己只筑着墙
一时兴起，还是深思熟虑
我只能说这是工作，每天的日常

以花为墨的书写如此奢侈
你淡淡说这是工作，每天的日常
以墙为界的书写又何等奢侈
花墨泼洒的小世界，墙是边界
却不是边疆

2015. 6. 4 凌晨于贵阳花果园

城里人多，山上树多

当追星的粉丝们在张靓颖故居的墙上写满祝福
我感到某种异样荒凉的荒唐，沿着墙向黑暗最深
处延伸
这个城市挤满了太多的人，所以才荒芜得像杂草
丛生的田
再渺小的内心都有他的骄傲，不愿将日子过得如
杂草
可是此地高楼的阴影投下的阴冷让整座城市失温
人们急于捡到一个理由抱团取暖，与荒唐无关
高速奔跑的城市让半城的
涂鸦
曾经写满
一个城市的疲惫和一个人的疲惫是相同的
桂语山房
繁茂的金色，银色也是金色
纷然细雨般，在浓郁绿荫间洋溢
也在城中郊外十里暖风中洋溢
我知道这芳香绵延无尽，中人无解
耳后轻痒、轻拂、轻暖的吹息
我知道是时光经过，在轻嘱
绵延而踊跃着蓝移
拥立并守候着四季
洋溢且湿润着细雨
还渲染着过客
我知道

今夜逢城

我来了
没有看到雪
也没看到你

城市的马路太硬
留不住足迹或是车辙

当我从天空飘落
我只想
给她一个冰冷的拥抱
和湖畔那一片
晶莹的晴天
万物静
无声轰鸣中
雪飘向全世界
卢纶没说为什么
秋瑾也是
白色成为主宰
只有那个池塘望天

樱花走处
生命沦落为背景
别责备一场迟到的雪
和春时
静物
——陆老师的绘画课之二
练习。这山峦般起伏的白布上
并无石膏与瓦罐
并无苹果与藤篮
只是笔触与色彩
记录着影子堆叠或扩散

体量，只是深与浅
空间，只是虚与实
质感，只是连续或断裂
或渐，或疾
静物，不过是心与眼
借握笔的手，穿行于
明与暗之间的练习

应当仅限于画室
画室只可以朝北
别去擦细布于额的汗珠
像在事物与心的边界
进行田野调查
这世界是层次无限的灰调子
白纸上看见空气在颤动

练习、练习、练习
以有限的生命，为永恒而操练
抽象，再抽象，直达象征

静物的本质是光
光的本质是极速
以每秒30万公里为尺度
此生，与此身边绝大多数
都不过是尘土

2017.4.20 草于进贤青眼里山
（本诗末段与前同题诗《方言》完全一致，谁先谁后已记不清了。不过两处读起来都无违和感，所以就不做删减，留着也是一体。）

学会吃土——写在歌沐《吃土女巫》之后

学会吃土之前，饿了
吃什么？

西北风！一定是它，只能是它
凛冽、撕裂、如泣、如割
咽不下多少就饱了
但你会发抖，抖不了多久又饿
饿了，饱了，饿了
——终于面如土色

学会吃土后
血管里淌满泥浆
目光黏黏糊糊
笑起来像几百岁的孩子
不再饿，但渴

风土乍暖还寒，细尘飞扬
收藏好你的喷嚏
藏好

2017. 11. 28

浮路——与友人同题

落叶铺满前路
每座山都这么说
没谁，管山上的落叶
拥挤在柏油铺就的街头清扫
深一脚浅一脚的，不是我

一年又一年铺垫
步步沦陷
通往祖先的祭奠
活在腐朽中的脸

异乡，邻桌的酒令能懂
冬至的冷未近
我记录下这一切，包括
葬于未来的，无数种可能性

2017.12.22 冬至，南宁

西沙日记

4月，由杭州飞海口，午间转道文昌聚吃海鲜，傍晚于华润石梅湾游艇码头登船。86吨小船，统铺，男女14人参差将就，估计多数人自成年后首次这么近距离朝夕相处。

1

一艘船需要什么：
一名板着脸开心的船长
一个黑脸宽肩的大副
一位瘦脸而沉默的厨子
一尾英俊勤快的小弟
以及
一脸吐完生无可恋的乘客

2

海会有什么：
湛蓝，出云般俊俏
乳蓝，触得到轻软和妩媚
碧蓝，大龟悠悠然没过礁盘
银蓝，夜将新月挂上金枪鱼尾鳍
浅蓝，浅到看不见微笑
深蓝，深到淹没了全世界
……
什么海天一色，不存在的
无论海蓝出多少层次
天总能再拿出另外一种
来惊起
一群没见识过
蓝，能有多蓝的过客

3

总想和海靠近，更靠近，近到
在一起。用停不下的快门
用换不完的花衣裳、表情和姿势
用甩向夜深处的银钩
(若隐若现，细丝那头大概率有鱼)
更直接的方式是拿起桨
站上独木舟，一个人全身心
去靠近

靠近美，靠近她，近到
在一起。用延绵的笑声
用悠长的叹息
用不回头航向朝霞闪耀处的肩膀
(晨光以清晰而坚定的笔触勾勒海平面)
一笔，画出两个中轴对称的早晨

4

孪生的两个早晨当然是同一个
少一半变化，却
多一倍的清爽和透明
多一倍的高远和旷达
多一倍的云，所以，有无数倍的可能
这个晨光之海，不单单释放简洁的力量
更在凡间映射神了的国度
海天倒立合掌
默然称颂

5

你需要什么：
远离岸，抛下那片大陆所有负重和喧嚣
深入海，寻找一碰即碎的梦和贝壳
偶遇一无所有的沙滩
没椰林没篷帐没怀念也没爱情
目击光线在清澈玻璃中追着鱼儿游曳
穿越呼吸时起落的浪，抵达
无风时，比母亲还温柔的海

放下不靠谱的行囊和计划
你需要的只是
一把桨

2021.5.29 总算有空写一写西沙

温酒南湖

红砖将晨昏砌入细节
窗，弓身后街
拱，和拱轻撞，声调低而空洞
照见：虹的味道，茧的曲线，云的额尖
那数粒琥珀跳荡琴键
视网膜三五重影
光缓缓推动日、夜

夏风藏于暖冬
秋日酤作春红
块垒腹中，亦方壶斟出
酒的棱角，觥筹间浆液叮咚锋利如割
深彻城市和诗人肺腑，摧心伤喉

方圆。
烟雨对坐楼上
金风玉露
活有热度的命，读冷过的书
冲个蛋，切姜丝少许
温酒南湖

2020. 12. 22 写嘉兴南湖，2020. 12. 26 删改

哈尔的移动城堡

黑色的云掠过白色的云
再往下面，大地镇定
亮色的河一再曲折
反复温习群山的暗色皱褶

细的公路纤然，与村与镇纠缠
坑坑洼洼，农房楔入田野
像敲打整齐前的钉子
美丽被粗暴固定，挣扎不能

然后，钉子密密麻麻
覆盖，完全覆盖每一个日子
人们叫它“城市”

2021.1.4

那个变成地址的名字

今天，怀着感恩的心，我们聚在这里，纪念Charlie，我们野猪林小伙伴一蕾亲爱的先生，同时，也是我们共同的朋友，为他送行。

一蕾与我们一起长大，而Charlie，则是新朋友。2016年1月1日，一蕾带着他和我们初见，在新年的第一天，一起登上了西湖的最高峰。之后，在不同的场合，还遇见过多次。高大的Charlie人很好，当时一起登山饮酒的小伙伴们，都卷着舌头和他说话，那模样还历历在目，却这么快就要与他告别，难免令人伤感。

野猪林里的小伙伴们，多数同一蕾一样，走出了杭州的湖山，将生命的足迹踏向世界各地。作为一个50年如一日，羁留在湖山之间的资深宅男，我一向钦佩走得远的人，因为他们丰富了生命。一蕾和Charlie都走得够远，都在我的钦佩名单里。

从中国的风俗论，Charlie是杭州的女婿，在苏州工作。相信很多中国人都会恭喜他，他找到了生活方式的最佳组合。中国有句老话，“上有天堂，下有苏杭”，Charlie一个人把苏州和杭州这两个地方都占了，一直离天堂很近。这次纪念会，按中国的风俗，野猪林的大才女纪文芸女士，特别为他准备了挽联，讲的也是这件事情：

流水清风，瑶池今日迎贵客

朗月鹤声，天堂从此留嘉宾

挽联是用中国古老的文言文写的，优美典雅，也许不太容易翻译成英文，让Charlie的美国亲朋们读懂。我这里试着将它转成大白话：好人Charlie回家了。因为是回家，所以他先走一步，我们也不太担心，因为他早就习惯了天堂的生活。

我收到Charlie离开我们的消息时，正在电脑前修改一首小诗的最后几行。这首诗为一群热爱生活的人而写，以纪念他们的30周年。也许冥冥中自有天意，写完我发现，本诗也非常适合送给Charlie，包括一蕾，以及所有爱他们的人。我没有改一个字，只是在标题中加了Charlie的名字。这说明，语言和肤色也许不同，生命的本质是相似的：因为平凡而鲜活，因为真实而伟大。

再见Charlie！谢谢你，谢谢一蕾，谢谢大家，让我们共同感恩生活，感谢生命！

我怀念的
曾经有的那棵大树
曾经走的那条道路
曾经住的那座房子
曾经过的那座城池
那些只剩下名字的地址
回不去了

但他们始终在开拓另一片疆土
以他们响亮的名字，标定
地址。他们相互映照，各自远行
只挥手，头也不回

于是
在天地间，有些地址变成了名字
而时光中，有些名字变成了地址
我将他们绘成地图，展开
他们走得越远
我的地图越寥廓

私文学导言（代跋）

2010年末至2011年初，学军84QQ群活跃起来。部分同学熟识，也有不少完全陌生。QQ群中成员的花色昵称引起我注意，开始动念头，用昵称来写段子。随手自定规矩——以扩写形式，头尾用完整昵称，中间嵌入词句，缀成长短句，假装是诗，如是者前后写了40余首。

2008年左右，我开始思考“私文学”概念。手机流行，自媒体兴盛，文学开启全新阶段。碎片化时间和读图习惯，让人们不再热衷于长篇大论，段子成为时代主流。然而段子之外，一向篇幅不大的诗也随之复活。此前各种文学形式，阅读对象往往设定为一群人，而自媒体蕴含了另一种可能：私写作。

写在纸上，靠邮差“专此布达”的信——传统意义上的私写作，在当代几乎消失。短信活跃过短暂数年，之后微信一统天下。短信是真正的私写作，基本上只适合一对一发送。群发短信有，但适用范围有限，多用来发送节日罐装祝福。正是在短信时期，我意识到人与人沟通的新形式，可能带动新内容。一对一，一句简单的对话，可能是一个通知，可能是一句嘱托，可以是一段咒怨，可以是一次告白，当然，也可以是一种文学。私写作创造了一种可能，让被庸常淹没的具体个人，成为文学的描述对象，并有可能写入文学的拼图。

如果说以普通人替代王侯将相、美人英雄，是现代文学的重要特征，那么熟人：你、我或者他身边的熟人成为文学的主角，则应该是私文学起点。如果对普通人的刻画是文学中人的觉醒，那么，对熟人、身边人的记述，则是文学的惊喜。

当此念头没完全展开，“私文学”概念还停留在我脑海中，以手机为载体的新媒体，无论QQ、微博、微信、抖音……似乎已经义无反顾，从一对一起步，向一对多、一对众进发。生活自有它的逻辑，在技术的支撑下，流量的目光，越来越聚焦于几个热点、几个明星。虚拟真实取消了在场的局限，现场感和地域性因此变得毫无意义。趋同不再只是一个流行概念，注意力、品牌、代言人……分散是不可能分散了，多样性开始稀缺，高度集中和一致似乎成了无可阻挡的趋势。因此，在碎片化、速食化和读图特征之外，新媒体走向了另一个方向：降低门槛促生的不是百花齐放，相反却更加高度“统一”。高效传播工具似乎比传统媒体更加倾向于挤压内容，平台+大数据开始雄心勃勃地（或下意识地）试图掌握每颗头脑，公众的注意力如潮水般随月球引力涨落，越来越趋同。藏在这一切背后，资本渗透到每个角落。

“主流”轻而易举地占有几乎全部注意力和资源，这在前网络时代是不可想象的。如果还有一点点多样性在苟延残喘，也经常被表达为拙劣的模仿与无脑的跟风——即所谓“山寨”。因此，新媒体在降低传播门槛的同时也在降低内容的“逼格”。文学更清晰地两分为“网络文学”和“传统文学”。正在上演的桥段则是：网络文学依靠放大欲望赢得红红火火，传统文学思想借由深入思想输得冷冷清清。如果说欲望是生命的源动力，思想则是人成为人的依据。所以，假如传统文学能在冷清中坚持思考，那么，冷清只会增加思想的纯洁性和深度，也不算什么坏事。然而，有证据表明这样的思考正误入歧途——失去关注让文学越来越回到个人，越来越变得“自言自语”。深刻的自我反思本来也是书写重要的源头，但越来越与读者无关的书写，总是轻易滑入“无病呻吟”和“无事生非”的泥沼。任何自我反思如果跟人类命运无关，都是软弱的，这点也许会得到较多的认可；然而，离开具体的、活生生的人的“人类命运”是空洞的、苍白的、伪善的，却常被忽视。所以，就写作而言，关注还是非常重要的。失去关注，就失去了思想的“锚点”。

因此，传统的、严肃的、致力于思考的写作，在失去关注后，有必要重建它的写作对象。“私文学”概念正是在这个意义上，显得重要。

私文学写作，意图从一对一的写作开始，重建写作的对象。这个对象，首先是外向的。进入自我很重要，走出来同样关键。一对一的写作对象，因此，是走出自我的锚点。其次，这个对象具体而不抽象。任何写作都是倾诉，完全脱离对象的写作不存在（自言自语的写作对象就是他自己）。一个具体的写作对象，是文学与世界建立关系的起点。如果写作的对象抽象，书写也难免抽象；如果写作对象具体，则书写也更容易具体。因此，一对一写作还是回到生活的锚点。再次，一对一写作还是多样性的锚点。如前所述，互联网时代的“趋同”和“集中”的特征正在毁灭多样性，而一个具体的写作对象，一个熟人，有机会让写作摆脱网络强大的虚构能力，摆脱“大数据”无所不在的控制，让书写更加自由。再者，一个相熟的写作对象，通过书写进入文学，也有可能成为价值观的锚点。浮世若梦，一对一写作，可能铸就意义，让生命获得战胜虚无的力量——这有可能成为一条通往永恒的路径。

因此，尽管私文学这个提法也许相对陌生，但一对一写作不是。从某种意义上，一对一写作才是文学的源头，也是在这个意义上，私文学应该是文学的回归——回到起点。

最后说诗歌。“歌以咏志”，诗歌中一对一写作的传统源远流长。最有代表性的就是大量“唱和”，以及经由唱和诞生的无数精妙诗句。“轻舟已过万重山”是遇见“故人西辞黄鹤楼”；“劝君更尽一杯酒”是恰逢“送元二使安西”；“海内存知己，天涯若比邻”是感慨“送杜少府之任蜀州”……诗人唱和，固然佳话不断，而寻常百姓，也借诗传名：“桃花潭水深千尺”让汪伦千古；“桃花一簇开无主”叫读者皆知“黄四娘”家花满蹊；“人面桃花相映红”，虽然没传下人名，却记住了“都城南庄”这个地址……文明就是在各种偶然的碰撞中，留下多样而丰满的影子。这就是私文学。虽然后来论诗多有诟病唱和体者，以为应酬之作绝非上乘，其实不免误读。写作对象是书写的锚点，但不是好坏的标准。在我看来，一本正经坐下来论史咏物，才难脱勉强刻意之嫌。自然而然，不但是好诗歌的标准，也是一切文学乃至艺术能臻化境的不二法门。

所以，《西溪河下》一集中，除了写给少小同学的段子，也多“同题诗”。所谓同题，是若干诗友即兴用相同或相似题目写下的习作，互相借鉴与生发，也是一种“酬唱”。我将之视为“私文学”写作而乐此不疲，并以为，在这个万物速朽的时代，锚点有时比形式重要。私文学因此有理由被复兴。

回到QQ和微信的昵称。每个人在给自己设定昵称时，其实是在给自己贴上“标签”。这个“标签”偶然、即兴或刻意，或多或少与他（或她）的个性和经历相关。鼠标的背后，虽然你可能无法分辨是人是狗，但自我设定的标签，尽管也是伪装，却难免泄露不少隐秘信息。小伙伴们从小一起长大，我对这些密码的解读多多少少有点直觉洞察。那些长短句，因此染上了一层岁月的沧桑，诗意源出于此。我们都知道，时间是诗歌唯二的主旋律，另一个，是人。

最后提一嘴：“西溪河下”是当下已被弃用的一条路的名字。

2010年草于温州白象，2020年8月2日完稿于上虞道墟